誤解でございます

松永美穂

清流出版

誤解でございます

目次

I さんぽみち Kleiner Spaziergang

Ⅱ　日々のことと、おもいで　Alltägliches, Erinnertes

Ⅲ ほんだな Mein Bücherregal

イラストレーション　樋口たつの
ブックデザイン　鈴木成一デザイン室

I ―さんぽみち

Kleiner Spaziergang

ヘロヘロの一夕に

大学の教員は時給がいい、という話がどこかに載っていたそうだ。ほんとうだろうか。そんなことを書いた人は、授業だけが教員の労働時間だと思っているのではないか。

大学には（もしかしたらわたしの勤務先だけかもしれないが）、ながーい会議がある。ずっと座っているとエコノミー症候群になりそうなくらい長い。入試の監督という退屈な仕事もある。暇だからといって本を読むこともできず、受験生たちを見つめていなくてはならない。入試の採点も辛い。何千枚も根を詰めて採点するので、採点した問題が夢に出てくる。卒論指導もしなければならず、個別指導なので結構時間がかかる。授業だって、教壇に立てば自然に言葉が出てくるわけではなく（そういう人もなかにはいるだろうが）、口下手なわたしは九十分の講義のために何時間も準備が必要である。そのわりに大した授業ができなくて、いつも落ち込んでいる。

最近では、オープンキャンパスと呼ばれる行事もある。高校生向けに大学を紹介するイベントだ。その日は一日中大学にいて、自分が所属する論系(学科のことです)の説明をし、質問に答えなくてはいけない。

さらには学会の仕事もあるし、本来なら研究もしなければいけない。でも、あまり時間がとれてない現実が悲しい。大学の教員は一日十二時間労働、というのが自分の実感だ。

先日も、午前・午後で三コマの授業をこなし、卒論指導もして、ヘロヘロに疲れて帰途についた。夜の九時過ぎに家のそばの停留所でバスを降りたら、驚いたことに門がまだ開いていていた。我が家の門ではなく、ホタルの飼育施設の門である。都内にこのような施設があることは、あまり知られていないのではないかと思う。ビニールハウスに田舎の渓流を再現して、一年かけて育てたホタルを、毎年六月と七月に公開している。公開はいつも夕方から(ホタルなので、暗くならないと見えない)。「都会のオアシス」と銘打たれ、公開日にはいつも行列ができる。わたしも何度か並んでホタルを見たが、七月公開の平家ボタルしか見たことがなかった(六月は源氏ボタルを公開)。それが、公開日だということを知らずにたまたまバスを降りたら、まだ門が開いていて、おまけに誰も並んでいなかったのである。

「入れますか?」と訊《き》いたら「大丈夫」とのこと。係の人は、わたしが入った後で門を閉めていた。幸運にも最後の一人となれたのである。いつもは行列にくっついて、人とぶつからないように注意して進まなくてはいけないのに、わたし以外には誰もおらず、まさに貸し切り状態である。温度調節がされたハウスのなかで、水のせせらぎを聞きながら、優雅に飛び回るホタルをうっとりと眺めた。さっきまで都心にいたのに、まるで別世界。

「今日はホタルが元気だ」と係の人が言った。ちょうど金曜日で、わたしは多忙をきわめたその一週間のご褒美を、思わぬ形でもらった気分になったのだった。

十年パスポート

十年間使ったパスポートの期限が切れそうになったので、新しいパスポートの申請に行った。整理番号をもらって順番を待つあいだ、古いパスポートをしげしげと眺めてみる。前回、このパスポートを申請したときの自分は、まだ三十代だった。そのときの自分が、とても若かったような気がしてしまう。いまでは四十代（十年経ったから当たり前か）。というより、四十代後半。もっと正直にいえば、四十代の終わり。古いパスポートの有効期限は、わたしの四十代とほぼ重なっている。パスポートを見返すことは、この十年の自分の歩みを振り返ることでもある。

四十代半ばに、在外研究を許され、ドイツで一年を過ごした。そのときのヴィザが印刷されている。ベルリンでの住民登録証も念のためにセロハンテープで貼ってある。この住民登録証がないと携帯電話が買えず、銀行口座も開けなかったことを思い出す。

十年間で、国外に出たのは十六回くらい。ほとんどは仕事でドイツに行ったのだが、子どもたちを連れて「弾丸ツアー」をしたこともある。「弾丸ツアー」というのはわたしが勝手につけた名前だが、旅行会社が売り出している「上海二泊三日の旅」などである。夜中に上海に着いて、ホテルには午前二時ごろにチェックインし、朝八時にロビーに集合する。マイクロバスで一日市内観光をし、翌日にはもう日本に帰ってくるという、実に慌ただしい旅行だ。値段がとても安く（そのときは飛行機代とホテル代込みで四万円くらいだった）、これ以上はないというくらい効率的に旅程が組まれていて、現地では通訳もつく。ちょっとハードだけれど、気分転換にはなった。

パスポートには、黄熱病の予防接種の証明書も貼ってある。一度だけ西アフリカに行った。アフリカ好きの娘がガーナに留学したためだ。ガーナ大使館にヴィザをもらいに行ったことを懐かしく思い出す。

アムステルダム空港で「パスポートが臭い」と文句を言われたこともあった。ひどい話だ。入国審査官がまずオランダ語で、同僚に向かって「臭い」と言った。オランダ語はドイツ語と似ているので、ときどきわかるのだ。それからわたしに向かって英語で「何でこんなに臭いのか」と言った。自分では気にしていなかったのだが、ずっと洋服ダンスにしまっていたため、防虫剤の匂いが移っていたのだった。

旅先の野原で摘んだ花を押し花にしてパスポートに貼っていたら、「植物をこのように持ち歩くのはよくない」と言われた。またあるとき、ドイツの女の子にもらったキティちゃんのシールをページのあいだに貼っていたら、これも注意された。注意するのはだいたいヨーロッパの入国審査官だ。なるほど、パスポートはスタンプ帳ではないのであって、勝手にあれこれ貼ったり挟み込んだりしてはいけないらしい。

近々、新しいパスポートを取りに行く予定だ。これから使うパスポートには、まじめに出入国のスタンプだけを押してもらうことにしよう。どんな十年になるのか、楽しみだ。ただ一つ痛恨の極みなのは、大急ぎで撮ったパスポート写真に、髪をふりみだし、びっくりしたように目を見開いた変なおばさんが写っていることだ。家族からは「いつもの顔じゃん」と言われてしまったけれど。

君は誰？　故郷はどこ？

『帰郷者』というタイトルの小説を翻訳している。ドイツの作家ベルンハルト・シュリンクの長編小説だ。タイトルが示すとおり、故郷に帰る、ということが小説の重要なモチーフになっている。

日本の場合だったら、お盆や正月の帰省を思い浮かべる人が多いかもしれない。外国で長いあいだ働いていた人や留学していた人が、久しぶりに帰国する、ということもあるだろう。あるいは映画『男はつらいよ』の主人公のように、しばらく音信不通になっていた人が、突然戻ってくる、ということもあるかもしれない。さらに、戦争のころを考えてみると、出征兵士や捕虜の帰還、敗戦のためそれまで住んでいた場所を追われた人々の、逃避行の末の帰国など、考えられるケースは多様になってくる。

この小説はドイツとアメリカを舞台に、そうしたさまざまな「帰郷」を描いている。シベリアから徒歩でドイツまで帰ろうとする兵士の話があるかと思えば、戦時中から偽名を使い分け、戦後は別の国で活躍する男の話も出てくる。危険をくぐり抜けながら取材を続ける戦場ジャーナリストも登場する。そして、すべての帰郷物語の原型として、たえずホメロスの『オデュッセイア』が引き合いに出される。戦争のため国を離れ、二十年後にようやく故郷に戻ってくるオデュッセウスは、家族と再会するとき、どんな気持ちだったのだろう?

こんなふうに「帰郷」について考えながら翻訳していると『東方見聞録』を書いたマルコ・ポーロのことも思い浮かぶ。叔父とともにシルクロードを旅してモンゴルまで行き、モンゴル皇帝に仕えたマルコ・ポーロは、旅立ったときは十代の若者だったのに、戻ってきたときは四十歳ぐらいになっていた。ベネツィアの実家ではとっくに死んだと思われていて、自分がマルコ・ポーロだと証明するのは結構大変だったらしい。

小説を半分くらい訳したところで、ベルリンで著者に会う機会があった。アイデンティティを変えて生きる登場人物にモデルはいるのか、と尋ねたところ、ナチズム崩壊後、追及を逃れるために名前を変えた人が一万人はいたと思う、と言われて驚いた。有名なのはもちろんアイヒマンの例だ。ヴァンゼー会議に参加し、警察官僚として「ユダヤ人問題の最終解決」と称する大量虐殺の計画を実行に移したアドルフ・アイヒマンは、ユダヤ人の情報機関によって戦後アルゼンチンで捕えられたが、そのときには「リカルド・クレメント」と名乗っていた。

　ドキュメント映画『敵こそ、我が友』でも、「リヨンの虐殺者」と恐れられたナチスの親衛隊員クラウス・バルビーが、戦後はボリビアで別の名を名乗り、現地の軍政に影響を与えながら生きたという、驚くべき人生が紹介されている。

　日本にも、似たようなケースはあったのだろうか。残念ながらそのあたりの事情には詳しくないが、二〇〇八年に放映されたテレビドラマ『あの日、僕らの命はトイレットペーパーよりも軽かった』では、戦時中、捕虜になったことを恥じ、故郷の家族が村八分になることを恐れて、連合軍の取り調べに対して偽名を使い続ける兵士たちの姿が印象に残った。

　名前や出身地を屈託なく口にできるのは、実はかなり幸せなことなのかもしれない、と思わされた。

なんちゃってチャレンジャー

初めてのレストランに入ったとき、知っている料理しか頼まない「慎重派」と、進んで知らない料理を注文する「大胆派」がいる。そのことを意識したのは、母や子どもたちとロンドンに行ったときだった。レストランに入るたびに母が「スパゲティ・ボロネーゼ」を注文したのだ。日本でいう「スパゲティ・ミートソース」である。あれ、そんなにスパゲティが好きだっけ？　訊いてみると、母は「ほかに知ってる食べ物がないから」と答えた。たしかに、イギリス料理の評判はよくない。ガイドブックを見ても、「ぜひこれを食べなくては」という料理はないかもしれない。でも、せっかく知らない土地に来たんだから、知らない食べ物に挑戦してみてもいいのでは⁉

そのとき一緒に旅行していたわたしたち四人は、「慎重派」二人と「大胆派」二人にはっきりと分かれた。ホテルのそばに洒落《しゃれ》たギリシャレストランがあるのを発見したわたしは、最後の日の夕食はあそこで食べてみようと提案したのだが、「慎重派」はサンドイッチを買ってホテルの部屋で食べることを選んだ。わたしは、子どものうちの「大胆派」に属する一人を連れて、そのレストランに行った。料理は実に美味しかったし、雰囲気もよかった。しかしそのことを話しても、「慎重派」の人々は特に羨《うらや》んでもくれなかった。

それ以来、「自分は未知のものに対して開かれた人間なのだ」と勝手に思い込み、レストランに入るときはなるべく知らないものを注文するよう心掛けてきた。このことに関してはチャレンジャーだと思ってきたのだが、ついに、自分の限界を知らされるときが来た。

「大胆派」の同志だった子どもが成長し、アジアやアフリカに出かけるようになったのである。ボランティアのワークキャンプに参加し、現地の人が持って来たヤギの死体をさばいて食べたりしたという。子どもの話を聞いていると、いままで自分が「チャレンジ」と思ってきたことが、いかに簡単でお気楽なことだったか思い知らされ、焦り始めた。そして、ついにわたしもアフリカに行ってみることにしたのである。

時間がないので一週間だけ。アフリカのなかでは経済的に安定し、英語も通じるガーナだったけれど、やはりいろいろな点で常識を覆された。ヨーロッパではタクシー料金をごまかされないようにメーターをチェックしてきたけれど、ガーナではそもそもタクシーにメーターなんてない。値段はすべて交渉である。外を歩くと、「白人！」と声をかけられる（わたしはどちらかというと色黒なのだが、ガーナでは「非黒人」として「白人」のカテゴリーに入るらしい）。マーケットに行くと、物を売りたい人が群がってくる。料理は、出されたものはすべて食べた。その点はがんばった。しかし、屋台でオクラのシチューを食べたとき、どうしても素手では食べられなくてスプーンを借りてしまった。おまけに、三日目に熱帯性の病気になり、二日間寝込んでしまった。

子どもはその後も元気にあちこち出かけている。チャレンジに関しては、わたしは完全に後れをとってしまった。しかしこのことを経て、人生のチャレンジは多種多様でいいのだ、と思い直し始めた。食べ物には保守的な母だって、生きていく上ではさまざまなチャレンジをしているに違いないのだ。「人生これすべてチャレンジ」が最近の（いささか妥協気味の？）モットーである。

へんてこ任侠伝

大学の同僚で、人間関係を任侠《にんきょう》ドラマにたとえつつ解説してくれるおもしろい人がいる。その先生の想像の世界では、彼自身は流れ者の素浪人、わたしたちは彼が立ち寄る村の住人である。村のなかで事件が起こる。悪代官のせいだ、とわかる。「お侍さん、なんとかしてくだせえ」と頼まれ、同志を募る。さまざまなやりとりがあった後、決死の戦いが起こり、討ち死にする者が出る。しかし、主人公は死なずに、また次の村へ……。

わたしは初め、「ははは」と笑いながらこの話を聞いていた。でも考えているうちにどんどん愉快になってきて、家に帰ってからも村の様子をいろいろ想像してしまった。わたしは「村の女・その一」である。名前は「おまつ」(松永なので)。家は貧しい農家で、鶏を飼い、畑で野菜を育てている。ときどき村はずれの川の渡し場にある小料理屋を手伝いに行く。顔なじみの客から「どうだい、おまつ」と訊かれて、「どうもこうもないよ、こう暑くっちゃさあ。鶏も卵を産まないよ」とかなんとかぼやいて、団扇《うちわ》で顔をぱたぱたとあおぐ。生活はかつかつで、新しい着物を買う余裕はない。いまさら「惚れたはれた」の話もない。昔だから旅行もしないし、楽しみなのは村祭りくらいか。

任侠伝なのにヒーローとの絡みがない女は、絶対的に脇役である。唯一の艶《つや》っぽい場面は、素浪人の着物の綻びを縫ってやるところ。縫い方が下手なので、素浪人は苦笑する。別の村に行ってからも、その縫い目を見ておまつのことを思い出すかもしれない。しかし、おまつの印象が薄くて、完全に忘れる可能性もある。

小学校の頃にも、授業中ぼおっと物語を考えていたことがあった。楽しくて、いつまでも想像していることができた。ただ、自分を中心にして考えると、ちっとも物語に起伏がつかない。せいぜい季節が移り変わり、おまつが汗をかいたり風邪を引いたりする程度。これでは任侠伝にならない。そもそも任侠とは「強きをくじき弱きを助ける」ことらしいではないか。それでは、やはり悪しき力との対決がなくてはいけない。

ということで、事件が起こる。密売人（何の密売かは不明。もしかしたら銃？）たちが川の渡し場での相談をおまつに聞かれたと思いこみ、おまつの家と料理屋を同時に焼き払う。しかし、おまつはその日たまたま実家に帰っていて無事だった。自分が狙われたことを悟ったおまつは、村を離れ、年取った武道家に弟子入りする。そして『キル・ビル2』の最後にユマ・サーマンがやったような、指をちょっと動かすだけで相手を殺す術を身につける。あ、『隠し剣 鬼の爪』でもいいな。おまつは大立ち回りは苦手なので、できるだけ体を動かさずに相手を倒したいのである。おまつは強くなり、村に戻ってくる。しかし、村はすっかり様変わりしていた。大雨のたびに川が氾濫したため、大規模な治水事業が行われ、川の渡し場には立派な橋が架かっている。そして、密売人たちはすでに捕らえられていた……。

ああダメだ。やはり自分を主人公にすると、アクション場面が想像できず、事件もいつのまにか解決してしまうのである。キャラとジャンルが合わないに違いない。おまつはため息をついた。任侠伝は難しい。今度は別の設定で考えてみよう。

あのころ住んでいた町

新聞に載ったわたしのエッセイを読んで、高校の同級生が便りをくれた。長いことクラス会に顔を出していないわたしを覚えていて、声をかけてくれたことが嬉しかった。

高校時代に住んでいた町は広島である。中学のとき、父の転勤で名古屋から広島に引っ越した。引越の日、新幹線が大阪を過ぎると車内のアナウンスが関西アクセントになった。当時はまだ新幹線が岡山までしか開通していなくて、岡山から広島までがとても長く感じられた。

転校先の中学に登校した最初の日。担任の先生の広島弁がよく理解できず、この学校でやっていけるのかと不安になった。しかし、同級生には親切な子が多く、すぐに声をかけてくれたし、一年もするとわたし自身が広島弁を話すようになった。名古屋弁に比べてのんびりと柔らかい広島弁を話していると、自分の性格まで少し変わるような気がした。

高校のころは思春期で、いささかの屈託も抱えながら生活していたように思う。自意識が強く、頭でっかちの生徒だった。それでも、自由な校風の学校で、体育祭や文化祭などの行事を楽しみ、授業をサボってプロ野球の応援に行ったり（広島カープが初優勝しそうになっていた）、土曜日の午後には女の子同士で甘いものを食べに行ったり、休みの日には友だちと瀬戸内海の小島に遊びに行ったりしていた。

名古屋ほど大きくないが、町のサイズはむしろ心地よく、生活しやすかったし、繁華街で知り合いにばったり会うことも多かった。その後東京に出てきて、いたるところに人がいるのに、知り合いは全然いない、と思って寂しかったことがある。

夏の凪《なぎ》の時間は暑かったけれど、ふだんは海風や山風が吹いていた。海と山が近い、というのは素敵なことだ。そういえば魚がおいしかった。いかに新鮮な魚を食べていたかに気づいたのは、これも東京に出てきてからだ。東京のスーパーで魚を見て、「あれ？」と思ったのだ。

小学生のころ、広島といえば「原爆が落ちた町」のイメージしかなかった。原爆投下直後の写真の印象が強くて、その後どうなっているのか、実際に行ってみるまでピンとこなかった。初めて広島駅に降り立ったときは、「ふつうの町だな」と思った。その後、近所のおばさんや同級生に「被爆者」や「被爆二世」がいることを知って、自分にとって単なる歴史の知識だった原爆が、身近な、生きている歴史に変わっていった。

そんな広島に、もう長いこと行っていない。実家がよそに移ってしまったのだ。いままで書いてきたことはすべて記憶のなかのことなので、現在は相当変わっていたとしても不思議はない。

勤務先で広島出身の学生に会うと、懐かしくて思わず話しかけてしまう。ほんのちょっと、広島弁が出るときもある。だがあるとき、「先生は何区に住んでましたか？」と訊かれて絶句した。わたしが高校生のころは、広島にはまだ「区」はなかったのだ！　そう言うと、学生はすごく驚いていた。彼にとって、「区」のない広島なんて、生まれる前の話だろう。先生って、そんな年齢だったんすか。と、その目は語っていた。

その後の調べで、わたしが住んでいた場所は「東区」らしいとわかった。いつの日か、こっそりと訪ねてみたいと思っている。

夏の過ごし方

「家のつくりやうは夏をむねとすべし。冬はいかなるところにも住まる」

小学校のとき、国語の教科書に載っていたこの文章（『徒然草』第五十五段）を読んだときの衝撃はいまでも覚えている。古典なんてぜんぜん暗記していないわたしだが、この文章だけは忘れられない。

「家を建てるときには、夏のことを考えて、過ごしやすい家を建てるべきである。冬の寒さは、どんなところにいたって耐えられるのだから」という意味なのだと、担任の先生が教えてくれた。この部分に続いて、「暑きころ、わろき住まいは堪えがたきことなり」という言葉もあったと記憶している。

子どものころのわたしは、夏よりも冬の方が大変だ、と思っていた。冬の方が洋服もたくさん必要だし、暖房器具もなくてはいけない。暑いときはシャツとパンツ、もしくは母が作ったサマードレス（布を肩紐で吊り下げただけの単純なもの）を身につけただけで元気に駆け回っていた。家にクーラーなんかなくても、窓や扉を開け放ち、畳の上や板の間で適当にごろごろ昼寝をしていた。夏の暑さに悩んだ経験があまりなかったので、「夏が肝心」と言われてびっくりしたのである。

大人になり、どんどん暑さに弱くなった。暑くて寝られず、ついクーラーや扇風機をつけてしまう。かつては夜でも平気で窓を開けて寝ていたものだが、都会ではさすがに治安が悪い気がして、窓も扉も閉め、自分で自分を閉じこめながら、家のなかに滞留する熱波に苦しんでいる。どの家でもクーラーを使うようになったから、その分ますます外気温が上がり、悪循環である。おまけに温暖化の影響もあって、「気象台始まって以来」の暑さがあちこちで報告され、ますます気持ちにプレッシャーがかかってくる。

大学三年生の夏休み、初めてドイツに行き、二か月間を田舎でホームステイして過ごした。ドイツの夏は涼しい。クーラーを持っている家など、一軒もなかった（いまでも、ドイツの友人でクーラーを持っている人はいない）。特にその年は冷夏で、わたしが滞在していた家庭では、八月なのに暖炉に火を入れたりしていた。その家は庭に小さなプールを持っていて、わたしからすると涼しすぎるような日でも、子どもたちは水浴びをしてはしゃいでいた。その家で過ごした最後の日、たしか九月四日ごろだったが、子どもたちに強くせがまれて、わたしも水に入った。水温計をちらりと見たら十四度を指していた。寒くて、冷たくて、案の定、わたしだけがひどい風邪を引いてしまった。

滞在先の家の人々は、太陽が出ると大急ぎで日光浴をしていた。日焼けしたくなくていつも日陰を探していたわたしは、その家族から変人扱いされた。ドイツにおける日光の貴重さがわかったのは、その後、留学して一年間をドイツで過ごしたときである。長くて暗い冬が過ぎ、日照時間が延びてきたときには、心からほっとしたものだった。

東京の夏は暑い。やがてふたたび巡ってくる冬のことを思えば、夏の暑さもいとおしい、と思おうとするのだが、いかんせん暑すぎる。兼好法師よ、あなたは正しかった、と思いつつ、蟬《せみ》法師の声にげんなりと耳を傾ける日々である。

エルベ川の水源

たくさんの人々が北京オリンピック開会式のライブ放送に見入っていたころ、わたしは息を切らしながらチェコとポーランドの国境に近い山道を歩いていた。直前まで夏バテでうだうだしていたのに、突然しゃきっとして旅に出たのである。ドイツで研究資料を集める傍ら、空き時間を利用して一人でチェコの山のなかに来た。それもこれも、エルベ川の水源を見るためである。

ドイツには大きな川が三つある。ライン川、ドナウ川は日本でも有名だが、エルベ川はあまり知られていない。チェコに源を発し、ドイツ東部を流れていて、北海に注いでいる。わたしは最初の留学のときエルベ川沿いにあるハンブルクに住んでいたため、この川に愛着があった。河口にも行ったし、ドレスデンやチェコのデチンなど、上流にある町も訪ねてみて、漠然と、いつか水源にも行ってみたいと思うようになった。

留学のときに知り合ったチェコ人の友人がわたしの希望を聞いて、「じゃあいつか一緒に行こう」と言ってくれていたのだが、その後結婚し、次々と子どもが生まれてしまった。彼女はわたしがまだ水源に行けていないのを気にして、毎年のように「今年はどうするの？　何か手伝えることとある？」と訊いてくれた。親切なこの友人にせき立てられるようにして、ついに二〇〇八年夏、宿題を果たすべく、水源行きを敢行したのだった。

とはいえ、友人は子どもが小さいので来られない。わたしはチェコ語ができない。そして、水源は山のなかにある。

まず、バスで水源から十キロほど離れた町まで行き、宿をとった。町外れの森のなかにリフトがあり、それで近くの山頂まで上がった。水源はそこから七キロ余り、徒歩で行かなければならない。リフトが稼働しているのは午後六時までなので、それまでに往復しなければ自力で山を下りる羽目になる。山頂に上がったのが午後二時四十五分。北京オリンピックが始まったのはチェコ時間の午後二時八分である。

ゆっくり歩いていては間に合わないと思って、ひたすら急いだ。アップダウンのある道で、激しく息が切れた。最初の三十分、誰とも遭遇せず、そもそも正しい道を歩いているのかどうか、不安になってきた。しかも前方に霧が発生し、もう帰れないのでは、との思いが頭をよぎる。その日の天候は変わりやすく、霧はやがて雨になった。少し行くと、登山客とすれ違うようになった。笑顔で「ドブリーデン（こんにちは）」と声をかけてくれる人もいた。「水源はこっち?」と英語で訊きながら歩く。午後四時過ぎ、ついに到達した! 水源は、井戸のように石で囲ってあった。そういえば川は全然見あたらなかった。山中のどこかで突然地上に現れるのだろう。

あわただしく写真を撮り、ペットボトルに水源の水を汲《く》んでから、ふたたび急ぎ足でばたばたと戻る。往復十四キロの道のりを、なんとか三時間で歩ききった。他の登山客は山小屋にでも泊まるのか、みんなゆったりと歩いていた。帰り道、突然雲が切れた。緑の山並みが、視野の限り延々とポーランドまで続いていた。

エルベの水源に行ってみて、俄然《がぜん》気になってきたのが「日本の川の水源」である。日本にいながらわたしは何も知らない。次の宿題は日本の「水源」探訪と、勝手に決めた。

ワン・チャンス

ドイツで、ポール・ポッツというオペラ歌手のファーストアルバムが大ヒットしている。ドイツ・テレコムが彼を起用したコマーシャルが放送され、あらためて注目が集まっているのだ。ポール・ポッツは二〇〇八年秋、サッカーのブンデスリーガ開幕戦にも招待されて歌声を披露した。ドイツの大都市を回るツアーも行われている。

ポール・ポッツは何度か来日したようだし、彼のサクセス・ストーリーはテレビでも紹介されたとのことなので、日本でもすでに有名な歌手なのかもしれない。わたし自身は彼のことを全然知らなかった。ドイツで何気なくテレビを見ているときに流れたテレコムのコマーシャルで知ったのである。

風采の上がらない男性が、コンテストの舞台に登場する。重量挙げでもしそうながっちりした体格。ちょっと寄り目で、歯並びも悪い。審査員たちははなから期待しておらず、退屈そうな表情を浮かべている。しかしそこで彼がプッチーニのオペラ『トゥーランドット』のなかの有名なアリア『誰も寝てはならぬ』を歌い出すと、審査員や聴衆の表情が劇的に変わる。さらにコマーシャルは、テレビ画面の向こうで彼の歌に聴き入り、涙する視聴者の表情まで映し出す。コマーシャルの主旨は、「テレコムはこうして世界をつなぐ」ということなのだが、わたしは最初、すべてフィクションだろうと思って見ていたので、わかりやすくてひねりのないコマーシャルだとしか思わなかった。しかし友人から、そこで使われているのが実際のコンテストの映像なのだと聞かされて、俄然興味が湧いてきたのだった。

ポール・ポッツはイギリス人で、一九七〇年生まれ。父親はバスの運転手、母親は商店のレジ係で、クラシックとは縁のない家庭で育った。もちろん音楽大学なども出ていない。ただ歌うことが好きで、教会の聖歌隊や学校のコーラスで歌い、以前にもイギリス版「のど自慢」で優勝して、賞金をもらったことがあった。もらった賞金をつぎ込んで声楽のレッスンを受けたりしたものの、交通事故に遭い、治療費を払うために音楽を断念し、スーパーの店員や携帯電話のセールスマンなどをしていたという。

その彼が二〇〇七年六月八日、妻の勧めで応募したイギリス版「スター誕生」(Britain's Got Talent) において、たった一曲のアリアで人々を感動させたのだ。(二〇〇九年にはスーザン・ボイルがこの番組で歌って世界的に有名になり、大みそかの「紅白」にまで出演したことは記憶に新しい。）ポッツはその番組で何週か勝ち進んでデビューが決まり、百万ポンド以上の契約金を手に入れ、二〇〇七年十二月にはイギリス女王の前でも歌ったらしい。一年ちょっと前にはまったく無名だったサラリーマンが、いまやスター街道を驀進《ばくしん》しているのだ。いかにも地味な中年男性が国境を越えて多くのファンを獲得しているのは興味深い現象だが、どこにでもいそうな純朴なおっさんであることが、共感を呼んだ理由でもあるだろう。

あまりにもいろいろな人からこのポッツの話を聞かされ、わたしも思わずCDを買ってしまった。『ワン・チャンス』と題されたこのCDに付された謝辞で、ポッツはまず自分の妻に感謝している。歌声はコンテストのときよりも心なしかゆったりしているようだ。無骨《ぶこつ》だった表情も柔らかくなり、遅咲きの中年歌手は、いまや余裕と風格を備えたプロの顔になりつつある。

元気な修道女たち

ドイツ在住の作家多和田葉子さんの誘いで、千年以上の歴史を持つ修道院に泊まりに行った。ニーダーザクセン州、ヴァルスローデ。ハノーヴァーの「修道院会議所」の提案で、ドイツ語で創作する十五人の作家たちがニーダーザクセンに点在する修道院に招かれ、数週間滞在しながら作品を書いている。一種の文学プロジェクトであると同時に、修道院というものを一般の人にも知ってもらおうとする、おもしろい試みである。ドイツの教会に行ったことはあるけれど、修道院に泊まるのは初めてなので、行くのが楽しみだった。

泊まるのは尼僧院、というか女子修道院である。修道女というからには、黒い修道服をすっぽりと被っているのだろうな。みんな伏し目がちに、静寂のなかでお祈りや手仕事をしているのだろう。そして夜になると、薄暗い食堂で質素な夕食を食べるのだろうか……。ローカル線に乗り換えてヴァルスローデに着くまでに、想像（妄想？）がどんどん拡がっていった。

ところが、現実はかなり違っていた。西暦九八六年創立の修道院は、宗教改革後にプロテスタントに改宗。ルターはもともと修道院制度に反対だったが、貴族の娘だけを受け入れていたヴァルスローデの修道院は、スポンサーである貴族たちの強い要望もあって存続を認められたという。現在は九人の修道女（一人は見習い中）がそこに住んでいるが、若い頃から修道女だったわけではなく、世俗社会で仕事に就いたり専業主婦だったりした後、志願して修道院に移り住んだのだという。修道女になる資格は、プロテスタントであること。そして、現時点で夫がいないこと。離婚歴はＯＫで、九人の修道女はなんと全員子持ちである。修道服を着るのは日曜の礼拝や儀式のときだけで、普段は一般の人とまったく変わらない服装をしている。現に、修道院のガイドツアーをしてくれたレーヴァルトさんは、華やかな黄色いブラウスを着て現れた。ジーンズをはいている人もいる。食事も個々の住居で勝手にとる。還俗《げんぞく》も可能で、前の修道院長（五十代）は恋人ができて「結婚したいから」という理由でリタイアしたという。ヴァルスローデの修道女は、かなり自由な生活を謳歌《おうか》しているらしいのだ。

それなら、修道女であることにはどんな意味があるのか。現代における修道院のあり方については、彼女たちも絶えず議論しているらしい。千年の歴史を持つ建物は、人が住まないと荒廃してしまう。建物のメンテナンスのためにも、修道院の伝統を絶やさないためにも、誰かに居てもらわなくては。上の組織には、そんな思惑もあるようだ。だから、家賃はただで、かなり広い住居を修道女に提供している。彼女たちは光熱費を自己負担し、生活費は年金や貯金で賄っている。修道院に雇われているわけではないから義務も少なく、戦後生まれの修道女たちはかなりはっきりとした批判も口にする。ガイドツアーの際、レーヴァルトさんが「わたしたちは不協和音のなかで暮らしています！」と強調したのにはびっくりした。ただ、そう言いきってしまえるくらい、率直な物言いが日頃から認められているのかもしれない。石造りの荘厳な建物のなかで、聖と俗、中世と現代が同居する。女性ばかりの宗教的コミュニティーからは、不思議な陽気さが伝わってきた。

「らせん館」のひとびと

「らせん館」が東京に来た。両国のシアターXで開かれた国際舞台芸術祭に参加する形で公演があったので観に行った。もともと演劇を観るのは大好きだし、中高生時代は演劇部に所属してもいたのである。どこかで道を間違って（大学のときだ！　劇団に入らず、ふらふらとバレーボール部に入ってしまった）演劇に関わるチャンスを逸してしまったような気がする。

「らせん館」とは特別な縁があって、最近の東京公演はほとんど全部見てきた。「らせん館」は、ベルリンに活動拠点をおいている演劇集団である。創立から三十年以上になるのだという。これまで十八か国、三十七都市で公演を行ってきた。もともとは労演などの活動で演劇を鑑賞していた関西の社会人の人たちが、自ら演じることに挑戦し、そのおもしろさにはまって仕事をやめ、さらには海外に飛び出したのである。人生にはそうやってぽーんと跳べるときがあるんだな、と彼らを見て思う。役者は三日やったらやめられないと聞くが、とにかく楽しそうに演じているのである。

しばらくスペインで活動し、その後ベルリンに移って約十年が過ぎた。現在のメンバーは日本人三人、ドイツ人一人。海外で活動するからには、よっぽど語学が堪能なのかといえば、そうでもない。しかし、スペインでもドイツでも、ちゃんと生活を維持しているだけではなく、補助金をもらったり、プロジェクトに参加したり、きちんと協力者を見つけて、逞《たくま》しく、自然体で活動を続けている。彼らの演劇はしばしば多国籍・多言語で、身体の動きによって言語を解体していくようなおもしろさを持っている。流れるようにストーリーが展開する演劇とはやや趣が違うが、言葉についての連想が広がるような舞台である。

今回の公演は、多和田葉子原作の『出島』。江戸時代の長崎で、オランダ人の商人と日本人の遊女が出会う。言語が通じないことから生じるさまざまな誤解や、相手の言葉を覚えようとする努力を通して、二人の世界が近づいたり離れたりするさまが描かれる。舞台上の台詞も、日本語、ドイツ語、オランダ語などが入り交じっていた。

外国人など目にしたことがなく、オランダ人に対しても漠然とした恐怖を感じていた遊女。しかし、会ってみれば打ち解け、相手がヤコブスという名なので「奴さん」と呼び始め、日本語を教えようとする。

ドイツ出身でありながらオランダの軍医となり、出島で開業していたシーボルトのエピソードも出てくる。シーボルトのオランダ語がおかしいことに日本人通訳が気づくが、「低地ではなく高地の出身だから」という説明を聞いて納得し、シーボルトのことを「やまおらんだ人」と呼び始める。オランダには山はないのだが、日本人は知る由もない。

異文化との出会いのなかで生じ得るそのようなユーモラスな誤解（誤解がいつもユーモラスとは限らないが）を通して、多種多様な文化的背景を持った人々が出会うときに生まれるエネルギーのようなものが伝わってくる作品だ。誤解を恐れず、異質なものと出会うことを避けずにいれば、何かが生まれてくる、ということだろうか。劇の内容は、積極的に異文化に飛び込んでいく「らせん舘」の活動にも通底するものだった。

宿題が終わらない！

そろそろお尻に火がつき始めた。夏休みの宿題である。よく「大学の先生は夏休みがあっていいですね」と言われる。授業が休みになり、大学に行かなくていい（時間と場所の束縛がなくなる）という点では、たしかにそうかもしれない。でも、夏休みは夏休みで、ここぞとばかりにやらなければいけない仕事がたくさんある。製造業にたとえるなら、夏休みは「仕込み」の時期。これからやろうとしている仕事のために調べものをしたり、資料を集めたりする。そうした資料に目を通すのも、けっこう時間がかかる。論文を書くのも夏休みだし、翻訳をするのも夏休み。ふだんの生活のなかではできないまとまった仕事をいっぺんにやろうとするので、結局時間の余裕がなくなってしまう。

計画性がないのかもしれない。「この週にあれをやって、次の週にこれをやろう」と考えながら立てた机上の計画はどんどん崩れ、夏休みが終わりに近いのに当初の計画の半分しか達成していないことに気づいて青ざめる。いままさにその「青ざめる」時期にさしかかっているのだ。

そんなこと言って、おまえはドイツに行っていただろう。どっかの水源地帯を、ふらふら歩いていたんじゃないか。修道院にも泊まったとか言ってたし。と、家族にも責められるのだが、いやほんと、ドイツに行く飛行機でもずっと本を読み続けてたし、パソコンを持っていって宿で翻訳もやってたのよ。それなのにどうして？　どうして宿題が終わらないの、と身をよじる。

はっと、根本的なことに気がついた。宿題が多すぎるのだ！　もともと二か月で終わるようには、できていなかったのだ。いったい誰が、こんな理不尽な宿題を出したのか……。小学校のときなら、先生のせいにできた。しかし、いま、宿題に対する怒りを爆発させても、それを出したのが自分自身だと思うと、気持ちのやり場がない。

家にいると、机に向かう時間を決めてはいても、なかなか仕事に集中できないのは事実である。今朝も、ふと見たら金魚の水槽のポンプが故障して、水が循環していなかった。何とか直らないかとスイッチを入れたり切ったりして十五分が過ぎる。天気がいいので、洗濯もやらないわけにはいかない。気がつくと、回覧板も回ってきている。朝刊だって、できれば朝のうちに読みたい。忙しいときにかぎって、新聞を隅から隅まで読んでしまう。はっとして時計を見ると、もう十時を回っている。

こんな調子なので、ほんとに集中したいときは山ごもりに行く。別荘があるわけではないから、適当に電車やバスで行ける場所に宿をとって、食事と入浴以外はいっさい部屋から出ずに仕事をする。このやり方だと金魚も洗濯も言い訳にならないので、かなり自分を追い込むことができる。今週の前半もこの方法で、三百ページある翻訳の校正を一気に終わらせることができた。ただ、この方法は当然ながらお金がかかる。泊まることによって達成できた仕事から得られる収入よりも、経費が上回ってしまうことが多い。結局、宿題の上手な終わらせ方が発見できないまま、きょうも呻吟《しんぎん》することになりそうである。

オーケストラの魅力と功罪

仕事がらみでベルリン・フィルについてのドキュメント映画を二本観る機会があったが、これが両方とも、とてもおもしろかった。

一本目は『ベルリン・フィル　最高のハーモニーを求めて』というタイトルで、二〇〇五年に行われたベルリン・フィルのアジアツアーにカメラチームが同行したもの。ベルリン・フィルといえば、世界最高レベルの演奏家をそろえたオーケストラである。また、オーケストラに自治の精神が強いことでも知られている。個性の強いメンバーたちの背景がインタビューによって浮き彫りにされていておもしろかった。

意外にも、子供時代にはさまざまなコンプレックスを抱えていたという人が多い。吃音があって学校でからかわれたり、なかなか人の輪に入っていけなかったり。そんななかで音楽が自分の支えになった、という話に共感を覚えた。ベルリン・フィルに入る人はスーパーエリートばかりで、自信家の集まりなのかと思い込んでいたけれど、コンサートの前には不安と闘いながら舞台に上がるという話も、とても人間的だった。

演奏がうまくかみ合ったときにはすばらしいハーモニーが生まれる。その喜びと感激を語る人もいた。一人ではできない。でも、一人一人がやらなければ完成しない。みんなの個性が相まって、音楽に化学変化が起こる。社会のなかの組織一般にも当てはまる哲学だ。『のだめカンタービレ』のヒットで日本でもオーケストラファンが増えたと思うが、ベルリン・フィルのこの映画でも、不安や葛藤を乗り越えてメンバーが作り上げていく音楽のすばらしさにうっとりしてしまった。と同時に、老若男女、いろいろな国籍の人が所属する集団のダイナミズムも感じさせられた。

もう一本の映画『帝国オーケストラ』では、ベルリン・フィルのナチ時代の活動が、貴重なドキュメント映像によって検証されている。フルトヴェングラーの指揮風景も見ることができたのはとても嬉しかった。

ヒトラー内閣の宣伝相だったゲッベルスは、クラシック音楽を国威発揚に利用しようとした。一方のフルトヴェングラーは、オーケストラの存続のためにナチ政権との取引に応じた。ベルリン・フィルは、その水準の高さゆえに国家に経営権を買収され、「帝国オーケストラ」となる。団員は公務員扱いとなり、兵役を免除された。ユダヤ人のメンバーは国外に亡命した。こうしたオーケストラに、戦争協力の罪はどれくらい問えるのだろうか？　ふだんは気づくことのない、音楽と政治の関係、オーケストラの経営の問題について考えさせられる内容である。「音楽の世界は文学以上に検閲が多い」という、知人の言葉を思い出した。

ナチ時代を体験し、いまも存命中の元団員のインタビューが印象的である。若い男性が次々と戦地に送られるなか、楽器ケースを抱えて背広で電車に乗ると、人々の刺すような視線に晒《さら》されたという。芸術家としての特権を享受することには、こうした辛さもつきまとったのだった。

誤解でございます

つい最近まで、わたしの研究室は地上九階にあった。窓は西向きで、遠くに後楽園の大観覧車「ビッグ・オー」のシルエットが見える場所である。廊下側の窓からは新宿の高層ビルも見えて、夜景はなかなか素敵だった。

一階と九階の往復となると、エレベーターを使わざるを得ない。足腰を鍛えるために階段を使った時期もあるのだが、ちょっとした忘れ物を取りにいくのに階段は辛いとか、一日一往復ならともかく平均四往復くらいはするのでやっぱり大変とか、そんなヘタレな理由でまたエレベーター利用者になってしまった。

エレベーターで一階から九階まで上がる時間というと、だいたい二十秒くらいだろうか。密室というのは人を妙な気分にさせるものだ。誰もいないとついつい何かやりたくなって、体操したり歌を歌ったりしてしまう。降りるとき、そんな自分の歌声や残像がエレベーターのなかに残っていそうな気がしてくる。

あるとき、大きなヤブ蚊がエレベーターのなかを飛び回っていた。反射的に手を伸ばして叩いたら、床から二メートルくらいの高さの壁面に蚊の体の跡がくっきりと残ってしまった。その後一か月くらい、蚊の姿は白いつるつるした壁のうえに残っていて、わたしは誰かと乗り合わせるたびに、そのことを話題にしようかどうか迷ったが、なかなか言い出せずにいた。家でその話をしたら、「そんなに誰かに話したかったら、いっそのことそこに紙を貼って、『この蚊を退治したのはわたしです。松永』と書いておいたら？」とからかわれたが、いくらおっちょこちょいなわたしでも、さすがにそこまではしないのである。

エレベーターは、女性の声で到着階をアナウンスしてくれる。あるときから、五階に止まるたびに「五階でございます」というアナウンスの「五階」が「誤解」と聞こえるようになってしまった。「お客さま、それは、誤解でございます」と、エレベーターが必死で言い訳しているような気がしてしまうのだ。そんなふうに想像し始めると、ついついまた誰かに話したくなってしまって、とうとうある日、五階で降りる同僚を呼びとめて打ち明けてしまった。するとその人は爽やかに、「ああ、なるほどね。そのお話を聞いたら、ぼくも『誤解』と聞くようになりそうです」と言いながら去っていった。

気をよくしたわたしは、他日、また別の同僚に「誤解」の話をした。するとその人は、

郵 便 は が き

料金受取人払

神田支店承認

2510

差出有効期限
平成24年 5 月
31日まで

101−8791

509

東京都千代田区神田神保町 3−7−1
ニュー九段ビル

清流出版株式会社 行

フリガナ		性	別	年齢
お名前		1. 男	2. 女	歳
ご住所	〒 TEL			

お勤め先または学校名	
職種または専門分野	
購読されている新聞・雑誌	

※データは、小社用以外の目的に使用することはありません。

誤解でございます

ご記入・ご送付頂ければ幸いに存じます。　初版2010・7　**愛読者カード**

❶本書の発売を次の何でお知りになりましたか。

1 新聞広告（紙名　　　　　　　　）2 雑誌広告（誌名　　　　　　　　）

3 書評、新刊紹介（掲載紙誌名　　　　　　　　）

4 書店の店頭で　5 先生や知人のすすめ　6 図書館

7 その他（　　　　　　　　）

❷本文の文字の大きさはいかがでしたか。

1 小さすぎる　2 ちょうどいい　3 大きすぎる

❸装丁はいかがですか。

1 よい　2 普通　3 わるい

❹お買上げ日・書店名

年　月　日　市区町村　書店

❺本書に対するご意見・ご感想並びに今後の出版のご希望等お聞かせください。

■小社にご注文の際、本の料金とは別に次の送料及び代引手数料がかかります。

※本の冊数にかかわらず、お買い上げ金額が1,500円(税込)未満の場合は送料及び代引手数料として500円、1,500円以上(税込)のお買い上げの場合は200円となります。

書名・著者名	定価(税込)	冊　数
おしゃべりなイギリス　高月園子	1575円	冊
花狩　田辺聖子	1575円	冊
窓を開けますか？　田辺聖子	1680円	冊
どんぐりのリボン　田辺聖子	1575円	冊

ご愛読・ご記入ありがとうございます。

心配そうにわたしの顔を見つめ、「それは病気です。翻訳者がかかる病ですね」と言って、降りていった。人によって反応が全然違うのはおもしろい。もし研究室が建物の改築のために移転しなかったら、わたしはいまでも「五階↓誤解」の話をし続け、同僚たちのあいだに「あの人は相当な変人だ」という誤解（いや、正解？）を広めていたかもしれない。

いまは研究室が三階になってしまい、残念ながらビッグ・オーも新宿の高層ビルも見えなくなってしまった。一階から三階までの移動はあまりにも短い時間で終わってしまい、妄想が膨らむ暇もない。ただしエレベーターは相変わらず到着階をアナウンスしている。「三階」には、「散会」「山海」「産科医」など、いろいろな可能性があるが、その日の疲れ具合によって、頭のなかの漢字変換が変わるきょうこの頃である。

びっくり紳士

ユリちゃんがツッチーを連れて研究室に遊びに来た。ユリちゃんは六年前、ツッチーは五年前の卒業生である。ユリちゃんが来ることはあらかじめ知らされていたが、ツッチーが来るとは思っていなかったので、廊下に立っている彼を見たとたん、「わーっ」と声が出てしまった。「わーっ。大きくなったねー」

なんというか、横幅が拡がっていたのである。線の細い男の子だったはずなのに、がっしりした大人の人になっていた。彼は、「大人っぽくなった」と言われるのが予想通りだったらしく、にこにこしていた。

座って話し始めたら、怒濤《どとう》のように記憶が甦《よみがえ》ってきた。ユリちゃんとツッチーは、在学中から演劇活動をしていて、それも学生のサークルではなくプロの舞台に立っていたので、わたしは彼らが出演する公演を、できるだけ見に行くようにしていた。ユリちゃんは卒論もドイツの劇作家ブレヒトについて書き、いまも女優としてがんばっている。しかしツッチーは、あるときさっぱりと演劇をやめてしまった。それから就職が決まるまでの期間は暗中模索が続き（ちょうど就職氷河期だったのである）、彼は悩みまくっていた。卒論の方も、なかなか進まず、わたしは内心はらはらし通しだった。卒論提出を一か月後に控えた十一月のある日、彼がノートを持ってやって来た。やっと卒論を書き始めたのかな？　と期待したら、彼は、「大学生の詩の朗読ボクシングに出ようと思っているんです。自作の詩を朗読するんで、どれがいいか、見てください」と言う。卒論指導のはずが、彼の詩を読むことになってしまった。その詩は、細部はもう忘れてしまったけれど、なかなかおもしろかった。なにより、ツッチーが詩を書いているという事実が、おもしろかった。

それにしても、卒論締め切り直前なのに、大丈夫なの？　という、わたしの嘆きをよそに、彼は夜行バスで京都に行き、「詩のボクシング」大学チャンピオンになって、戻ってきた。優勝の知らせには、正直びっくりしたものだ。それからはみるみる運が開け、卒論もささっと書き終え、年末には就職が決まった。地方で就職して、五年半。今度思い切って転職して東京に出てきたので、挨拶《あいさつ》に来てくれたのだという。

営業職についていたという彼は、いろいろと気配りのできる人になったらしく、おしゃべりの後で夕食を食べにいったら、さりげなく皿の配置を直したり、ビールを注いだりしてくれた。わたしが感心していると、にこっと笑って「紳士ですから」と言う。紳士？ちょっと体重が増えて、ビールが注げるようになったくらいで、もう紳士なの？と思ったけれど、とりあえず「びっくり紳士」と呼んであげることにした。

教員をしていると、いろいろな学生に会う。一芸に秀でた人、わたしなどの何倍も優秀な人、さまざまな才能に恵まれた人、元気な人、病んだ人、見ているだけで心配な人……。わたしはそんな人たちと、人生の一時期、わずかな時間をともに過ごし、チャンスがあれば「はいっ」と水を手渡す伴走者のようなものだ。うまく手渡せない場合もあるし、卒業という小さなゴールまでは見守れても、その先のことはわからない。それでもときどき、すっかり大人になり人生の中継点で立ち寄ってくれる人がいると、ほのぼのと嬉しい気分になるのである。

「後ろ」が気になる

後期の授業が始まった。夏休みの後の第一週というのは、いつもなんとなく憂鬱《ゆううつ》な気分である。休み中は一日を朝・昼・夜の三つの時間帯に分け、大まかにその日の計画を立てて仕事をしていた。授業が始まると、分刻みとまではいかないにせよ、結構細かい単位で時間に縛られる生活が戻ってくる。授業一コマは九十分だが、今学期はこれが週八コマもある。一週間に七百二十分間も人前で話すのは結構体力を使うし、話す内容も考えなくてはいけない。

休みのときはどちらかというと引きこもって生活しているのに、休みが明けると突然たくさんの人たちに会うようになる。慣れれば平気になるのだが、最初の週は、この点でもどぎまぎしてしまう。同僚のなかには「早く授業がしたくてうずうずしていた」という授業好きの人もおり、いやーえらいなと感心する。もちろん、授業が軌道に乗ってくれば楽しいこともたくさんあるし、若い人たちとディスカッションすると、教えられることも刺激もたくさんある。でも、軌道に乗せるためにぐいっと一押しする作業は、やはり教員がやらなくてはいけない。最近の大学の授業は半期制のものが多くなり、半年ごとに受講者の顔ぶれが変わるので、その意味でもスタートはいつも緊張する。

自分が学生のときはどうだったろうと、ときどき考える。あのころも、先生方はそれぞれ苦労しながら授業されていたのだろうが、そんなことまったく思いもせずに教室に座っていたなあ。それにわたしは授業中よく眠っていた。特に学部生のときは、教室の前の方に座っても、授業が始まって十分後にはもう夢の世界をさまよっていることがしばしばだった。なんであんなに眠かったのかといえば、もちろん、わたしの側の緊張感が足りなかったのである。大学院に入り、少人数の専門的な授業を受けるようになったら、もうけっして眠ることはなかった。むしろ勉強がどんどんおもしろくなってきて、なんで自分は学部のころあんなに寝ていたのかと、愕然《がくぜん》としたものだ。

わたしは大学院も合わせると全部で九年間、学生をやっていた。自分が聴講した授業のなかで、何が一番記憶に残っているだろう？　と、考えてみる。印象に残っている先生の言葉について考えると、英語の先生がちょっと変な雑談をしたとか、文学の授業である作家について語ったときの先生のコメントがおかしかったとか、そんなどうでもいい思い出ばかりが甦《よみがえ》ってくる。一年生のとき、カントについての哲学の授業をとっていた。正直ちんぷんかんぷんだったけど、最後の授業で先生が、「ぼくはいま、自分の後ろというものがほんとにあるのかと考えています」と言ったことだけは鮮やかに覚えている。振り返ると、そこはもう後ろではなく前になってしまう。後ろとは、けっして見ることのできないものである。それなら、後ろの存在をどうやって証明すればいいのか？　その話を聴いて、哲学者ってすごいな、と十代のわたしは感心した。あれからもう三十年近く経つけれど、あの先生は「後ろ」の問題を解明できたのだろうか？

一年間授業を受けて、覚えている場面はそれだけ。授業というのは、九九・九パーセントは忘れられるものだ、と思いつつ、それでもがんばって準備だけはしています。

掃除機の色は白

機械と呼ばれるものに弱い、というか疎い。今学期も教室のＡＶ機器がうまく使いこなせず、ＮＧ連発である。もっとも、いくら不器用なわたしでも、普通のビデオやＤＶＤを教室のスクリーンで見せることくらいはできる。ただ、ドイツで買ってきたＤＶＤなどを見せる場合には、日本とはシステムが違うのでさらに余分な機械をコントロールパネルにつながなければならず、そうなるといろいろなトラブルが起こるのである。わたしの不勉強には違いないのだが、毎週見せるならともかく、一年に一度くらいの割合だと、いったんつなぎ方を覚えても、すぐにまた忘れてしまう。

学生のころ、テープレコーダーを使えない先生がいたことを思い出す。そういえばうちの母も、ＤＶＤはおろかビデオの再生装置さえ持っていない。録画予約、という言葉は母の辞書にはないのである。電話の留守電機能やファックス機能も使われていない。母は生まれてから一度も、ファックスを送ったり受け取ったりしたことがないはずだ。携帯電話もパソコンも持っていない。それでも、特に不自由も感じずに、元気に生きているのである。

「時代についていく」のはなかなか大変だ。毎週発信される膨大な情報を、どれくらい消化していけばいいのか。仕事柄、書籍に絡む情報には敏感にならざるを得ないが、技術の革新に関する情報は、わたしの場合、まったく後回しになってしまう。機械に関心がないので、家電の店などにも、必要に迫られたときしか行かない。たまに行ってみると、カルチャーショックを受けるような新製品が出ていて、それはそれで結構おもしろいのだけれど。

東京に三十年住んでいながら、秋葉原にも一度しか行ったことがない。それも、東京在住二十九年目のある晩、卒業生のじーくさんと食事していたら秋葉原の話になり、「行ったことないんだー」と言ったら、「ええっ。それじゃ、これ食べ終わったら一緒に行ってみましょう」と言われて、連れていってもらったのだ。もう夜の九時ごろだったので大型電器店は閉まっていたが、大通りを歩き、脇道に入ってメイド喫茶に行った。メイド喫茶で男性客が「だんなさま」と呼ばれるのは知っていたが、女性客もちゃんと(?)「お嬢さま」と呼ばれるのにはびっくりした。コーヒーの値段は特に高くないし、店内も明るくて、幻惑的な部分はほとんどない。ただ、その「お嬢さま」の一言で、わたしは自分が零落した貴族の娘で、婚期を逸し、生計を立てるためにやむなくついた外回りの仕事から戻って一杯のコーヒーを啜《すす》っているかのような幻想にとらわれたのだった。

　久しぶりに家の大掃除をしたときに、驚いたことがあった。いつのまにか掃除機の色が白くなっていたのである。以前は黒い掃除機を使っていたはずなのに、知らないうちに新製品になっていた。「いつからこの白い掃除機になったんだっけ?」と家族に訊《き》いたら、「二年前かな」と言われてのけぞった。わたしは二年間、掃除をしていなかったのだろうか。いや、掃除はしていたはずだけれど、掃除機が買い換えられたのを認識していなかったらしい。普通の人は、家にある家電製品の色やメーカーをちゃんと覚えているのだろうか。慌てて洗濯機や冷蔵庫の色を確かめた。白。すべて白です。いまのところは。

ずっこけバレーボーラー

小学生のころ、バレーボールマンガが大流行だった。『アタックNo.1』と『サインはV!』である。うちではマンガ週刊誌を買ってもらえなかったので、学校で毎週友だちから借りてはむさぼるように読んだ。昼休みになると、バレーボールを持って校庭に飛び出し、女の子同士で試合をしていた。わたしは不器用で、ゴム跳びや縄飛びはぜんぜんできなかったが、バレーボールだけはマンガに感情移入していたせいか、すごく積極的にできた。とはいえ、バレーのルールもよく知らなかったし、指導者もいなかったので、めちゃくちゃなプレーをしていたと思う。たとえばアタックするときは、必ず拳骨で打つと勘違いしていた。

ピアノを習っていたせいで、うちではバレーボールは御法度だった。「突き指するからダメ」と言われ、球技大会でバレーボールの選手に選ばれたのに、母の一存で断られてしまったこともある。そのように、バレーボールに対する不完全燃焼の思いが強かったからこそ、大学に入って突然、体育会のバレーボール部に入ってしまったのかもしれない。そのころにはピアノの才能がないこともわかり、母ももう反対しなかった。

背も高くないし、ジャンプ力もないわたしが、いきなりバレーボール部員。最初は球拾いだろうと思ったら、その部は部員が少なく、人数が六人揃《そろ》うかどうかという危機的状況にあった。そのため、なんと入部直後の春のリーグ戦から試合に出場し、活躍こそしなかったが、人数合わせには大いに貢献したのだった。

それにしても、マンガを読むのと実際にやるのとでは、大違いである。なかなかうまくならず、そのわりに練習はきつかったので、やめたいと思ったこともあった。しかし、東京に一人で出てきたばかりのわたしにとっては、バレー部は貴重な「居場所」でもあった。なにより、「人数合わせ」という重要な使命がある。気がついたら四年生の秋のリーグ戦まで、ほぼフル出場を果たしたのだった。チームの勝率は、よく覚えていないが三割くらいだったと思う。

バレーボールをやってよかったと思うのは、友人に恵まれたことと、配偶者が得られたことである。多少の体力と根性もついたとは思う。

少女時代に夢中になって読んだバレーボールマンガを、最近になって読み直す機会があった。子どものころには気づかなかったが、高度経済成長期の、ハングリーな日本人の生き方を反映した物語である。特に『サインはV!』の朝丘ユミは、長屋に母一人子一人の暮らし。借金を返すために中学を卒業したら大阪の工場に働きに行くことになっていたユミは、結局はバレーの才能を見出されて実業団に入る。ユミのバレーボーラーとしての成長と日本の経済発展とが、同時進行しているように感じられておもしろい。一方の『アタックNo.1』の主人公鮎原こずえは裕福な家庭の一人娘だが、バレーボールでは大成するものの、恋愛の面では不運が続き、どことなく悲劇のヒロインの面影も漂う。九〇年代にヒットした『YAWARA!』などとは大きく違うヒロイン像である。

「バレーをやっていた」と話すと、ときどき、「バレエですか?」と訊《き》き返される。もしバレリーナのマンガが流行っていたら、バレエを習っていたかもしれない。要するに流されやすいのだが、後悔はしてないから、ま、いいか。

間違いだらけの就活

秋になると、大学三年生もそろそろ就職のことを考え始める。企業の説明会が三年生向けに開催されるようになり、演習の学生がときどき「就活」を理由に授業を休むようになる。一方、四年生でも内定の出ていない人は「就活」を続けており、長い人は一年以上にわたって就職口を探し続けることになる。たった四年しかない大学の在学期間のなかで、就職活動にこれほど時間を取られるのは、なかなか大変だ。

わたしは残念ながら、会社に勤めた経験がない。しかし、大学院に進学するかどうか迷って、少しだけ就職活動をした時期はあった。当時は四年生の秋が就職活動のシーズンだった。父親も教員で、親子揃って就活のノウハウを知らなかったわたしは、とりあえず自分が興味を持っている出版社に電話をしてみた。「あのう、そちらに就職したいんですけど……」。電話に出た人は、「今年は求人はありません」と言った。わたしは、「あ、そうですか」と言って、電話を切った。本当にその会社に行きたいのならもう少し食い下がればいいものを、瞬間的に諦《あきら》めてしまったのである。

その次に、外資系の銀行の試験を受けに行った。銀行に興味があったわけではなく、外資系で外国語を使うところに興味があったのである。しかし、経済の知識もなく、面接でも外国語の話ばかりしていたら、あっさり落とされた。書類一式すべて送り返されてきたのは、ちょっと悔しかった。

その次に、国際交流関係の団体の試験を受けた。これは、自分としてはやってみたい仕事の一つだった。しかし、受験勉強をちゃんとしていなかったため、一般教養の問題はほとんど解けず、一次の筆記試験でばっさりと切られてしまった。

いま、自分が接する学生を見ていると、就職活動を期に敬語などもちゃんと使えるようになり、社会性も身について、人間として成長したなーと思わされることがよくある。翻って、当時の自分はどうだったのかと考えてみると、いい加減な就職活動だったので敬語も使えるようにならず（いまでも使えてるかどうか怪しいものだ）、人間的成長もなかったような気がする。ただ、社会の厳しい現実というようなものだけは、何となく肌で感じることができた。当時はまだ男女雇用機会均等法が施行されておらず、わたしのような生半可な者にも、女性が就職する大変さが実感できたのである。そうは言いつつも、用意周到なわたしの友人たちはみなきちんと就職したし、いまもがんばっている人が多い。

大学四年生のわたしが就職活動をする気になったとき、母がウールのスーツを買ってくれた。わたしは外資系銀行の面接にそのスーツで出かけたのだが、いまもタンスにしまってあるそのスーツを見ると、思わず笑いがこみ上げてくる。身内に会社員がいなくてわたし同様世事に疎かった母は、ベージュとワインカラーの格子縞の派手なスーツを選んでくれたのだった。とどめを刺すように、黄金色のブラウスも買ってくれた。面接会場で自分がどれほど浮きまくっていたか、そのときは気づかなかったが、いまになって想像できる。そんなこともあって、銀行の面接官はわたしの採用を見送ったのかもしれない。残念だ。でも、世界の経済のためには、それでよかったと思うのである。

師匠は大学生

昔はバレーボール部員だったが、中年と呼ばれる年代にさしかかったとき、医師から定期的な運動を勧められて、突然テニスを始めた。テニスとバレーボールは、どちらもネットを挟んで相手と対戦する球技だが、やってみた感じはかなり違う。バレーボールはネットが高く、身長差で有利不利がある。わたしなどはジャンプしてようやく掌《てのひら》がネットから出る程度で、ブロックで得点を挙げたのは生涯一度きりである。そこへいくとテニスはネットが低いのが嬉しい。また、バレーボールは六人で役割分担ができており、セッターでもエースアタッカーでもない場合はボールに触る機会が比較的少ない。しかし、テニスは広いコートをたった一人もしくは二人で守らなければいけない。それに、バレーと違って一回で返球しなくてはいけないので、自分の一打が防御でもあり攻撃でもある。だからいろいろと考えながらやらなくてはいけない。バレーだって頭は使うのだけれど、テニスの方が自分の参加度が高いというか、イニシアチブが発揮しやすい。それに、テニスは性格がもろにプレーに反映されるので、やっていておもしろい。

初心者から始めて、いまではもう十年くらいやっている。なかなかうまくならないけれど、生涯スポーツとして、あきらめずにがんばりたい。テニスのいいところは、年齢や性別の差を超えていろいろな人と一緒にできるところだ。もちろん、実力の差が大きすぎると試合にならないが、ジャンプして素手でボールを打つバレーに比べたら、男女差や年齢差のあらわれ方は小さい気がする。

テニスのおもしろさを教えてくれたのは、学生のNくんだった。ドイツ語の授業を聴講していた彼が、わたしがテニスを習っていることを知り、「一緒に体育祭に出ましょう」と誘ってくれたのだ。わたしが勤めている大学には一年に一度体育祭があり、学生も教職員も自由に参加できる。ただ、自分が学生に交じってそんなものに出る日が来ようとは夢にも思わなかった。Nくんも、女子学生がたくさんいるなかでわたしを誘うとは、奇特な人である。

誘われてから体育祭当日までの一か月間、わたしは悩み続けた。「自分なんかが出ていいのか」ということから始まり、「どんなプレーをするべきか」「どんなウェアを着ればいいのか」まで、食事のたびに「どうしよう、どうしよう」と話題にしていたので、娘たちは相当うんざりしたことと思う。しかし実際に出場してみたら、悩みは吹き飛び、驚くほど楽しかった。それまでスクールでしかテニスをしたことがなかったので、試合で若い人たちの打つ球のスピードやコースを見て「テニスってこんなおもしろいスポーツだったのね」とうっとりしてしまったのである。わたしはダントツに下手なプレーヤーだったが、上級者のNくんがすべてうまくカバーしてくれたので、なんだか自分までうまくなったような錯覚にとらわれたのだった。

それ以来、わたしはNくんに弟子入りし、テニスに関しては彼を「師匠」と呼ぶようになった。いまでもときどき指導してもらっている。Nくんは教えるのがうまい。教師として、わたしより才能がありそうである。学生からこうしてさまざまなことを習えるというのは、まさに教師冥利《みょうり》。ラッキーと思うひとときなのである。

フリーハグ推進委員会？

日本では基本的に、他人とハグ（抱擁）する機会はめったにない。そもそも他者との身体的接触は、恋人同士を除けばあまり起こってこない。小さいときには大人に抱っこされたり頭を撫《な》でられたりしたものだが、成長するとそうしたこともなくなる。日本では握手というのもほとんどしないから、十年以上一緒に仕事をしている同僚の身体部分（手であれ、肩であれ）に一度も触れたことがない場合も珍しくない。

大学生で初めてドイツの家庭に滞在したとき、その家の夫婦が夫の出勤のたびにキスをし、夜寝る前には子どもたちが親に「お休みのキス」をするのを見て、へえーと思ったものだ。わたしは自分の両親がキスする姿を一度も見たことがなかったし、自分の親にキスしたこともない。親にキスなんて気持ち悪い、という感覚だった（そういう人はきっと多いですよね？）。しかしドイツのその家庭では抱擁やキスなどの行為は親しみを表すための当たり前の行為であり、挨拶の一部だった。

一度その家のお母さんとわたしの意見が対立し、仲直りのために彼女がわたしを抱き締めようとしたことがあったのだが、わたしは抱き締められることに慣れていなかったので、思わず身を引いて、お母さんの気持ちをさらに傷つけてしまった。「どうしてわたしを避けるの」と言われたわたしは反省し、世話になっているのだから自分もみんなに合わせようと決意した。それからは自分の感謝の気持ちをスキンシップで表すことにして、子どもの一人のようにお母さんにお休みのキスをし、いよいよそこを発《た》つときには家族みんなと固い抱擁を交わしたのだった。

あれからすでに四半世紀。抱擁に対して抵抗のなくなったわたしは、仕事で出張するたびに、いろいろな人たちと「挨拶としての抱擁」をくりかえしてきた。南フランスでは初対面の女の人から、抱擁だけでなくいきなり口のすぐ脇にキスされて、びっくりしたりもした。初めてドイツに留学したときの大家さんも男だったけれど似たような挨拶をする人で、わたしが彼との挨拶でがっしり抱擁し合うのを、うちの娘たちが目を丸くして見ていたこともあった。

そんな娘の一人が大学生になったとき、「フリーハグ運動」に感銘して、大学祭でやり始めた。フリーハグというのは、知らない人（知ってる人でもいいけど）と抱擁し合う、というただそれだけのことだ。「フリー」は自由の意であり、無料の意でもあるだろう。

ネットで映像を見ると、「フリーハグ」と書いた紙を持った人が街頭に立ち、そばに来た希望者を次々に抱き締めていく。抱き締め合うことでその場の雰囲気が温かく、和やかになっていくのが感じられる。この娘は家でもわたしが疲れた顔をしているとよく抱き締めてくれて、「これが親孝行なの」と言っているが、たしかに、スキンシップが心を癒してくれる部分はすごくある。

最近は渋谷や原宿などにも、「フリーハグ」の紙を持った若者たちが立っているそうだ。知らない人に抱き締められるのはちょっと、と思う人もいるかもしれないが、邪心なく、安心して抱き締め合えるような世の中になったらいいな、と思う。通り魔事件などで人間不信になりがちな昨今、フリーハグは平和の象徴、という気がするのだ。

なりきり小公女

以前、自分はどうしても任侠伝のヒロインにはなれない、ということを書いた。自分を主人公にした任侠伝を思い浮かべようとしても、どうしてもドラマチックな展開にならないのである。そもそも、任侠伝というジャンルに親しんでこなかったせいなのだろう。子どもの頃、父が毎週『銭形平次』を見ていてわたしも嫌いではなかったが、『銭形平次』には女性として感情移入できるキャラがいなかった。女性が出てくるとしても「おかみさん」か「どこぞの若い娘」だけで、男性を陰で支えるか、男性に助けてもらうという役回りである。それに『銭形平次』はどちらかというと小市民的で刑事ドラマの江戸バージョンという感じだけれど、任侠伝ってもっとワイルドなものですよね？

幼い頃、うちには『ぐりとぐら』や『ちいさなうさこちゃん』の絵本があり、『あんみつ姫』があった。『サザエさん』や『オバケのQ太郎』『パーマン』も愛読書だったし、アンデルセンやグリムの童話も一通り読んだ。わたしはそのなかでも、『マッチ売りの少女』

などの、幸薄い少女の物語にもっとも自己同一化していたのではないかと思う。

小学校二年生のとき、祖母がきれいな本を買ってくれた。バーネットの『小公子』と『小公女』が一冊になったもので、カラーの挿し絵つきの、かなり字の細かい本だった。「あんたは本が好きだから、なかなか読み終わらないような厚いのにしたんだよ」と言われたが、わたしはその本が気に入って、くりかえし読んだものだった。小公子セドリックが頑固な祖父の心をほぐしていく爽やかな物語も大好きだったが、主人公になりきった気持ちで読んでいたのはやはり『小公女』の方である。お金持ちの一人娘セーラが、ロンドンの寄宿学校に預けられるが、父親が突然死んでしまい、身寄りがないために使用人としてその学校で働かされることになる。屋根裏の粗末な部屋を与えられ、ベッキーという女中仲間と励まし合い、お腹を空かしながらもがんばっていると、隣に越してきた金持ちのおじさんがその様子を見て同情する。そして、身軽なインド人の召使いに命じて、屋根伝いにセーラの部屋まで豪華な食事を運ばせるのである。夜、疲れ切って部屋に戻ってきたセーラはその食事を見て目を丸くする……。

その場面が大好きだったわたしは、自分がそういう部屋で暮らしている様子をしばしば夢想していた。屋根裏部屋というものがよくわからなかったので、家の裏にある三畳くらいの物置で自分が寝起きする姿に置きかえて、健気に生きる主人公を演じていた。電気も水道もない部屋で生活し、誰かが捨てたパンを拾って食べる、という想像ならいくらでもできてしまうのである。

最近ではもう「小公女」という年齢でもないので、「小老女」の物語をしばしば夢想する。忘れてはいけないのは『小公女』が結局はハッピーエンドだったことだ。隣の親切なおじさんが父親の友人だったことがわかり、セーラは莫大《ばくだい》な遺産を手にする。これが「小老女」の場合、終わりはどうなるのだろうか。隣に住む親切な人（家族でもいいけど）に介護されつつ、最後に宝くじを当てて、みんなと山分けする。そして日の当たる自分の寝室で、好きな音楽を聞きながら息を引き取る。というような終わりなら嬉しいが、もしかしたら悲惨な最期かもしれない。こればっかりは生きてみないとわからず、想像のタネは尽きない。

校閲者は偉大である

一年以上かかって翻訳した小説が出版された。B・シュリンクの長編、タイトルは『帰郷者』（当初は『帰郷』かなと思っていたのだが、結局『帰郷者』に落ち着いた）。刷りあがったものを見て、しみじみした思いにかられる。原書と過ごした時間、翻訳に専念していたときのことなどが、次々に思い出されてくる。

登山バスで山のなかの宿に行き、ほとんど部屋から出ずに翻訳していたときもあった。あのときは、山ごもりに備えてデパートでお弁当やお菓子を買い込んだのだが、気合いが入りすぎ、あれこれ買いすぎてしまった。ホテルの売店でも飲み物を買い込んだのに、消費しきれず、忘れて冷蔵庫に入れたままチェックアウトしてしまった。その後誰かがちゃんと飲んでくれただろうか。

いや、そんなことより、翻訳中にベルリンに行く機会があり、訳していてわからなかったことを著者に質問したら、親切に絵まで描いて説明してくれたのは嬉しかった。あの絵はけっしてうまいとは言えないが、永久保存にしよう……。

翻訳には、疑問がつきものである。翻訳というのは、著者の言葉の世界をいったん引き受け、自分の言葉にしてアウトプットすることでもあるが、著者の教養に自分の教養がまるで追いつかず悲しい思いをすることもしばしばだ。人名や地名が出てきたとき、それが架空のものか実在のものか、実在するなら発音はどうなっているのか、調べたり判断したりしなければいけない。法律用語や医学用語が出てくる場合もあるし、ドイツ語にラテン語やフランス語や英語が混ざるのは日常茶飯事である。

考えてみれば、日本語で会話しているわたしたちだって、言葉のなかに英単語が混ざってくることはいくらでもあるし、「プレステ」や「ドラクエ」、「アポなし」などのように、名詞を妙に省略してしまうこともある。こういうのって、日本文学を翻訳する人はどうやって調べているのだろう。日本に住んでいればいいけど、住んでいない場合はインターネットを駆使するのだろうか？

わたしの場合、ドイツ人の同僚に質問する場合が多いが、方言などが出てきた場合、ドイツ人にさえ「わからない」と言われてしまうことがある。というわけで、翻訳というのは、たくさんの謎を抱えつつ、何とかそれを解こう、日本語に置き換えようと、苦心惨憺《さんたん》する作業なのだ。

翻訳が終わると、編集者と校閲者が原稿をチェックしてくれる。編集者には大変お世話になるのだが、顔が見える相手なので親しみが持てるし、直接お礼も言える。なかなか顔が見えず、わたしが常日頃畏怖《いふ》の念を抱いているのは、校閲者の人々である。こっちが「こうなのかな」と思って訳した箇所について、「いいや、違うよ」とつっこみを入れてくるのが校閲者で、みなさん調べ物が得意で、間違いを発見するのがすごくうまい。一方的に間違いを指摘され続け、もはや先生と生徒、医者と患者のような関係である。今回も、ドイツ語以外の人名表記などでずいぶんお世話になった。ゲラに入ったチェックを見ながら、「わあ、そうだったんですか!」と叫んだこともあった。

ときどきテレビでNGシーンの特集があるが、翻訳についても、校閲者から出たNGをまとめてみたらおもしろいかも。恥ずかしいけど。いつか暇ができたらやってみよう。

人生の反省期

先日、大学のキャンパスで、サークル勧誘のビラを渡された。もう学生に間違えられてサークルに勧誘されることなんて起こりえないと思っていたので、なんだか嬉しかった。もっとも、そのサークルは社会人学生を対象にしているので、別にわたしが若く見られたわけではなく、単に教員としてのオーラがなかっただけなのだ。

気がつくと教員歴も二十年以上になる。以前は女子大に勤めていた。勤め始めたときはまだ二十代で、辞令をもらったばかりのときに一泊二日の新入生オリエンテーションがあり、大学一年生たちと一緒にバスで移動したことがあった。そのとき隣に座った一年生から、「高校どこ?」とタメ口で訊かれた。その子は、完全にわたしのことを新入生と見なしていたのだ。わたしは淡々と質問に答えることにし、「高校は広島なんだー」と言った。するとその子は、「じゃあ下宿してんの?」と訊いてきた。そこでわたしがやはり事実に基づいて「ううん、結婚してるの」と答えると、その子は「わあー」と騒ぎだし、周りにいる子たちに「ねえ、この人結婚してるんだって！」と大きな声で言い、すると誰かが「その人、先生じゃないの？」と言って、ようやく騒ぎが収まった。

当時は辞令をもらっただけで、まだ教壇にも立っていなかったので、自分から「教員です」と名乗るのも恥ずかしかったのだ。おまけにそのときのわたしは、レクリエーションに備えて元気よく赤いトレーナーを着ていた。あのとき話しかけてくれた一年生の名前はいまでも覚えているが、元気にしているだろうか。

教員になって五年目くらいまでは、事務所に行っても図書館に行っても「学生証見せなさい」とか「何年生？」とか、しょっちゅう訊かれていた。サークル勧誘ビラも当たり前のように手渡された。あの頃は若く見られるとてもがっかりし、抗議したい気持ちになっていたものだ。それがいつの頃からか学生に間違えられると喜ぶようになったという、まさにそのことが「年をとった」証拠なのだろう。本当に若い人は、若く見られても別に嬉しくないものだ。

ワガママなもので、若いときは大人に見られたいし、年長になってくると若く見られたい欲求が強くなってくるものだ。あと、実年齢を言うのにだんだん抵抗を感じるようになってくる。年を重ねるのは別に悪いことじゃないはずなのに、どうしてなのだろう？　わたし自身、三十代後半くらいから、年齢を公表するのを次第にやめてしまった。もっともいまはインターネットで検索すれば年齢などすぐにわかってしまうのだが……。

周囲に年長者がいても、年をとることは個々人それぞれに未知の領域である。「年齢相応」のマニュアルはないし、いい意味で周囲の期待を裏切り、元気でいられればいいのだろう。こんなふうに年齢のことがやたら気になってきたのは、人生半世紀の節目となる誕生日が近いからかもしれない。まさに人生の反省期を迎えているのである。

最近、ヨーロッパに行くと「マダム」と呼びかけられる回数が増えてきた。「マダム」という言葉には日本語の「おばさん」とは違って、大人の女性への尊敬の念が込められている気がして、ちょっといい気分である。

我が家の五大ニュース

「毎年、年末になったらそれぞれの五大ニュースをまとめて発表しよう」と言い出したのは、次女だった。もう十年くらい前の話である。年末も年末、暮れの大掃除とか買い出しとかしている合間に、「ねえねえ、五大ニュース書いて」と、家族のあいだを紙を持って回る。いつもせわしない日々を過ごしているわたしは年末もバタバタで、「えーっ、それどころじゃないよ」と言いたくなるのだが、次女は「家族全員が書かなければ意味がない」と主張し、そのおかげで、うちには五大ニュースのファイルが作られることになった。最初は面倒くさがりながら参加していたものの、いまになるとこれが大変よい記録になっているのである。

いま、そのファイルを開きながらここ数年を振り返っている。娘たちが中学校、高校のころの五大ニュースは、部活、クラス替え、修学旅行、受験のことなど。長女の二〇〇〇年の五大ニュースには「キムタク結婚」も入っている。二〇〇一年の同時多発テロ、二〇〇〇二年のサッカーW杯日韓共同開催などの大きなできごともリストに挙がっている。二〇〇二年の次女の五大ニュースには「ボブ・サップを好きになった」と書かれていてほほえましい。

大学生になると内容も変わり、「バイト初体験」「免許取得」「海外旅行」など、行動範囲が広がっていくのがわかる。親子でも、同じ年の五大ニュースの内容はずいぶん違うものだ。親から見ると子どもの身に起こった変化は大ニュースで、その点は重なっているが、親自身の身に起こったことは、まったく無視されている。母親の所属学科が変わったとか、どこかの委員になったなんて、たしかに娘にとってはどうでもいいんだろうな。

夫は二〇〇二年に食洗機を買ったことを五大ニュースに入れている。彼はこのことによって、皿洗いの苦役から解放されたのであり、その感激がいかに大きかったかがわかる。その食洗機はいまも健在で大活躍中だ。ただ、二〇〇七年に彼が「とてもかわいい」というコメント付きで五大ニュースに入れたハムスターの「よしこ」は二〇〇八年に死んでしまった。

十二月も後半になり、そろそろ今年の五大ニュースを考える時期になってきた。そういえば、今年は娘の彼氏を紹介された。これは五大ニュースからは外せないなあ。日経新聞にエッセイを連載させていただいたことも、もちろん五大ニュースに入ります。いろいろな方からお便りをいただいたことも嬉しかったし、友人や同僚にも声をかけられ、励みになった。

　あとは、ドイツやチェコに行ったこと、翻訳が出せたこと、授業のゲストに現役オートレーサーが来てくれたこと？　そんなことをあれこれ考えていたら、なんと先日、あるクリスマスパーティーに出席した際、八百人近く来ていたゲストのなかで六人だけに当たると言われた豪華賞品（高級ホテルのエステ無料券）がわたしに当たったのでびっくりした。年末だからもう何も起こらないと高をくくっていてはいけないのである。年をとってきたらエステなんて関係ないと諦めていてもいけないのである。娘からは「これで運を使い尽くしたね」と言われたが、この当選を「天啓」のように感じたわたしは、年末までのあと二週間、気を取り直してがんばる決意をした。

最後のクリスマス

日本ではクリスマスがデパートの歳末商戦と結びついているが、ドイツでは二十四日から二十六日にかけて会社や商店は休みになり、街が急に静かになる。クリスマスは家族で過ごす人が多い。本物のモミの木のツリーを飾り、鵞鳥《がちょう》のローストや鯉のクリーム煮など、クリスマスならではの料理を食べ、プレゼントを贈り合う。教会では、礼拝のほか、クリスマスオラトリオなどのコンサートが数多く開かれる。待降節にはクリスマス市が立ち、グリューワイン（スパイスを入れて暖めた赤ワイン）の屋台が出る。ドイツの冬は寒いけれど、クリスマスは心温まる季節だ。

このごろよく、数年前のクリスマスを思い出す。在外研究でベルリンに滞在していたわたしを訪ねて、日本から家族がやってきた。クリスマスには、ハンブルクの友人アネグレットがわたしたち全員を招いてくれていた。彼女とは十年以上のつきあいで、わたしはドイツに行くたびに彼女の家に泊まり、彼女は日本に来るたびにわたしの家に泊まっていた。「お互い、いつでも泊まれるようにしよう」と家の合い鍵を交換したくらいの仲だ。ときには、一緒に旅行に行くこともあった。日本では伊豆に行き、ドイツではバルト海やイエナやヘルゴラントに行った。

築百年以上の彼女の家は、エルベ川のほとりにあった。船長の家系で、生まれたころからその場所に住んでいるのである。一九九三年から二〇〇四年まで、わたしは機会があるたびにドイツに行き、彼女の家に泊めてもらっていた。二階の窓から見える港の風景が大好きだった。

二〇〇四年のクリスマス、彼女は出窓にクリスマスの飾り付けを施し、クッキーを焼いて待っていてくれた。「友人とジョギングを始めたの」そう言いながら、真新しいランニングシューズを見せてくれた。近所を散歩しながら、窓辺に見えるクリスマスの飾りを批評し合い、そのあとペトリ教会のイブ礼拝に行った。

それから、何をしたのだったろう？　「ポーランドに一緒に行きたいね」とわたしたちは話していた。そもそも、時間とお金に余裕ができたら、一緒に世界旅行をするはずだった。わたしはクリスマス後、三月末までベルリンで過ごしたが、日本に帰る日が近づいてきたので、その前にポーランド旅行に誘うつもりで、彼女に電話した。「いまはちょっとダメ。疲れがたまってて」と彼女は言った。わたしはあまり気にせず、日本に戻ってきてしまった。その後、メールが来た。「病気になって、いまはまったく仕事していません。まもなく入院します。でも、あなたはまたいつものように、夏にドイツに来たらうちに泊まってちょうだい」

アネグレットはその年の九月に亡くなった。八月に見舞ったとき、もうすっかり弱っていたけれど、冬にまた来るからね、と楽観的な挨拶をして別れたのが最後になった。

彼女の人生における最後のクリスマスを、そうと知らずに一緒に過ごした。クリスマスはまだ何度も来て、いつか一緒に世界旅行もできると思っていた。彼女の遺品のなかに、「みほの家」(MIHOS HAUS)と書いたシールを貼った鍵があった。わたしが渡しておいた我が家の合鍵だ。その鍵と、もう売られてしまった彼女の家の合鍵が、いまも財布のなかに入っている。

Ⅱ 日々のこと、おもいで

Alltägliches, Erinnertes

無計画な大学院生

大学四年生の終わりごろ、突然結婚した。年度末に身内だけで地味な結婚式を挙げ、籍を入れた。結婚の準備や引っ越しと並行して大学院も受験したが、なんとか無事に合格することができた。いま思えば、早い結婚だったのかもしれないが、当人としては、二十三歳というのは立派な大人だと思っていた。と言っても、それまでは親のスネかじりである。妊娠を機に結婚を決意し（いまでいう「できちゃった婚」だが、そのころはそんな便利な言葉はなかった）、経済的にも一応独立した。相手も学生（大学院生）だったので、基本的には二人の奨学金を生活費に充《あ》てた（当時、二人合わせて十三万円だった）。夫の親が所有していた借家に入れてもらって新生活をスタートしたので、やっぱりそれほど独立していたとは言えない。家賃は当然のごとくタダにしてもらっていたし。まだまだ、親や親戚にお小遣いをもらって喜んでいるような状態だった。

結婚相手は大学時代のバレー部の監督だったので、新婚生活といっても合宿状態で、家のなかでパスをして遊んだりしていた。修士課程一年の夏休みに長女が生まれた。わたしの数少ない自慢は、子供を産んでも留年しなかったことだ。夏休みの始めに出産し、休み明けにはもう授業に出ていた。単位もしっかり取り、二年で修論を書き、博士課程に進学した。子どもは、八か月までは授業のときだけ義母が面倒を見てくれた。その後は、区立の保育園にお世話になることができた。

留年しなかったのは、優秀だったからとかでは全然なく、奨学金をもらわないと生活が成り立たないという切実な理由があったからだ。留年すると奨学金がなくなってしまう。奨学金確保のため、とにかく二年で修士課程を終えることを目標にがんばった。子どもが小さいので、バイトはなかなかできない。夫は家庭教師のバイトをしていたが、常々、「バイトするよりは研究がしたい。生活は貧しくて構わない」と口にしていた。そんな夫にバイトを増やしてもらうわけにもいかず、わたしは自宅でできる校正などのバイトを細々とやっていた。出産後五日目に自宅に戻ったときも、布団のなかで校正のバイトをやった。こんなことを書くと苦労話みたいだが、その当時は特に何も思わずに「あ、やらなきゃ」と普通にやっていたのである。そういえば陣痛が来たときも、タクシー代を節約しようとして山手線の終電で病院に向かった。終電は混んでいて、酔っぱらいが座席で眠り込んでおり、妊婦に席を替わってくれる人はいなかった。そもそも臨月の、しかも陣痛が来ている妊婦が山手線に乗っていること自体、珍しいことなのかもしれない。池袋から上野まで立ったままだった。そのあと上野駅から病院まで歩こうとしたら雨が降ってきたので、ワンメーターだけタクシーに乗った。そうやって午前一時半ごろに入院し、朝の八時五十三分に長女が生まれた。

留年せずに済んだのは、子どもが健康だったおかげでもある。初めての子どもなのでよくわからずに育てていたけれど、大きな病気もせず、元気に育ってくれた。保育園でも預け始めはちょっと泣いたものの、まもなく慣れて、友だちともよく遊ぶようになった。ゼロ歳から保育園に預けたというと、「かわいそう」といわれることもあるが、わたし自身は子どもを保育園に行かせてとてもよかったと思っている。保育園のおかげで規則正しい生活になり、給食のおかげで好き嫌いもなくなり、また、大学院生だったわたし自身は、働く先輩お母さんたちの姿を見て、いろいろと励まされた。保母さんたちも応援してくださった。おまけに、我が家は夫婦とも大学院生で非課税世帯だったので、長いこと保育料が免除になっていた。

当初は、結婚したら夫が家族を養ってくれるのかと、漠然と期待していた。そういう意味では、かなり保守的な家族観を持っていたのかもしれない。進路なども夫に合わせるつもりで、たとえばもし夫がアメリカに留学したら、自分もドイツ文学の勉強は休んでアメリカで別のことをやろうかなどと、軽く考えていたのである。しかし、待てど暮らせど夫の就職は決まらないまま、わたしが博士課程一年生のときには二人目の子どもが生まれた。この子は二月の初めに生まれたので、四月から早くも保育園に預け（長女とは別の保育園だったので送り迎えはかなり大変だった）、わたしはまた普通に大学院に通った。夜遅くまで実験をするような理系の大学院だったら育児は難しかったかもしれないが、授業が少なく基本的に一人で勉強することのできる文学研究だったので、なんとか子どもを育てながら大学院に通うことができたのだと思う。修士課程のとき、同じ学年に子育て経験者のKさんという女性がいたことも心強かった。出産前にいろいろと励ましの言葉をかけていただき、ベビー服やおむつなども貸してもらった。

新婚当時はすべて夫に合わせるつもりでいたのに、気がついたら、自分自身の勉強の方が面白くなっていた。高校生までの知識暗記型の勉強ではなく、自分で問題を設定し、一つのテーマに取り組んでいくという勉強の面白さや醍醐味が次第にわかってきたのだ。結婚何年目だったか、「いま夫がアメリカに留学しても、自分はついていかないだろうな」と思った瞬間があった。ドイツ語がだんだんわかるようになって、文献も一日五十ページ以上読めるようになり、作品の背景についての知識も増していった。学部生のころは教室の最前列で堂々と寝てしまうような無礼千万な学生で、ドイツ人の先生から「あなたには大きな目があるのに、開いているのを見たことがない」と皮肉をいわれていたのが、大学院の授業ではまったく眠らなくなった。そもそも大学院の授業は少人数で、自分が当てられる回数も多いので、緊張感がある。学費を自分で払うようになったことも大きい。授業で寝るなんて、もったいなくてできなくなってしまった。

結婚三年目くらいまでは、夫の就職が決まらないことにイライラしていた。しかし、「そうか、相手に期待せず、自分で働けばいいんだ」と思ったら、なんだか気分が楽になった。

もし夫が早々と就職したり、アメリカに留学したりしていたら、いまのわたしはいない(別のわたしがいて、それはそれでよかったかもしれないけど)。夫が留学したのは結婚六年目で、常勤職に就いたのは九年目だった。しかし結婚五年目に就職したわたしは、自分の道を歩き始めていた。

日の当たる掲示板

結婚五年目に大学の助手になり、六年目に専任講師になった。勤務先は横浜だったので、東京の北端にある自宅から通うのは往復四時間もかかり、ちょっと大変だった。でも、子持ちの既婚者である自分を採用してくれた大学があっただけでもとてもありがたく、絶対にがんばろうと思っていた。当時（一九八八年）は男女雇用機会均等法が施行されてからまだ日も浅く、女性の就職は不利だ、と思わざるを得ない状況が続いていたのである。

わたしはその大学の専任教員のなかで最年少だったため、年配の先生方にとても親切にしていただいた。頼りない教員だったと思う。学長からは「あの子」、学生からは「みほちゃん」と呼ばれていた。授業のやり方もまだよくわからず（考えてみれば大学の教員の場合は教育実習がないので、まさにぶっつけ本番で教壇に立ったのである）、学生から「がんばってください」と励まされたこともあった。最初のオリエンテーションでは一年生に間違えられるし、教室を借りに教務課に行くと「何年生？」と訊かれるし、図書館に行けば「学生証を見せなさい」と言われていた。その当時は学生に間違えられても全然嬉しくなくて、「わたしは教員ですよ！」と叫びたい感じだった。しかし、すっかりおばさんぽくなり、誰からも学生に間違えられなくなったいまとなっては、あのころがとても懐かしい。

運良く就職できたものの、わたしには一つのコンプレックスがあった。ドイツ語圏の現代文学が専門なのに、ドイツに長期留学したことがなかったのである。日本には、留学経験のない有名なドイツ文学者というのは何人もいて、文法学者の関口存男《つぎお》さんとか、評論家の川村二郎さんなどの名を挙げることができる。ただ、わたしの学生時代は、航空料金もかなり安くなり、留学はもはや当たり前になっていた。わたしも大学三年生のときに三か月間ドイツに行き、できればすぐにあらためて留学したいと、帰国後に猛烈にバイトしてお金を貯め始めた矢先、妊娠して結婚することになったのである。

子どもが小さいから、留学は無理。最初はそう思っていた。しかし、横浜の大学に勤め始めて二年目の秋、教員控え室でぼんやりと掲示板を見ていたら、ちょうど夕日にまぶしく照らされた場所に、ドイツ学術交流会の奨学生募集の案内が貼られていた。ドイツ学術交流会、略してＤＡＡＤ。多くの先輩や同級生たちが、この奨学金を得て留学していた。

自分にはもはやチャンスはない、関係ないと思っていた留学。しかし、ふとその案内を見てみたら、「三十一歳まで応募できる」ということがわかったのである。当時、わたしは三十歳だった。「あれ、これなら来年まだ応募できるのかな?」という感じで、不意に、「留学」の二文字が現実感を伴って迫ってきた。子どもはどうする? 連れていくか、親に頼むかしよう。せっかくの機会なんだから、まずはともあれ応募してしまおう!

応募といっても、ドイツ語で研究計画書を書かなくてはいけない。さらに、ドイツでの受け入れ教員を探さなくてはいけない。子連れを想定して、日本人学校のある町の大学を調べた(子どもたちは七歳と四歳になっていた)。フランクフルト、デュッセルドルフ、ハンブルク。その当時、全日制の日本人学校がおかれていた三つの都市のうち、ハンブルクの大学に自分の専門に近い、有名な先生がいることがわかった。ジークリット・ヴァイゲル。当時まだ四十歳くらいの、女性教授である。

一九九〇年三月、海外出張の機会を利用してハンブルクまで足を伸ばし、ヴァイゲルさんに会いに行った。二週間ほどの出張中は、母が東京に来て子どもたちの面倒を見てくれた。教えられたアパートに辿《たど》り着いて階段を上がっていくと、女優のように美しい人が立っていて、それがヴァイゲルさんだったのでびっくりした。留学の暁には指導教員になってほしい旨お願いすると、自分はハンブルクからエッセンに異動する予定なので指導教員にはなれないが、同僚のインゲ・シュテファンがいいでしょう、と言ってくれた。さらに、自分の指導する学生に日本人がいて、創作活動もしていますよ、と教えてくれた。その日本人というのが多和田葉子さんで、当時すでにドイツ語圏で本を二冊出されていた。わたしはヴァイゲルさんから多和田さんの電話番号をもらい、その日の夕方電話をして、「ハンブルクって住みやすいですか？」と質問し、「いいところですよ」との答えをもらって、よし、ハンブルクに留学しよう、と決心を固めたのだった。

留学の計画をいつ、どうやって夫に打ち明けたかはもう覚えていない。ただ、わたしには夫に一つの「貸し」があった。夫はその直前、一人で一年三か月余りアメリカに留学していたのである。彼の留学に同意して快く送りだしたわたしに対して、彼がノーを言う権利はない、と強気で臨んだような気がする。彼もその点、「女だからダメ」と足を引っ張るような人ではなく、わたしの研究活動を喜んでサポートしてくれた。

その年の留学試験に合格し、大学からも一年の研究休暇を認められ、晴れて一九九一年の夏からハンブルクに留学できることになった。子どもたちは小学三年生と一年生になっていた。

子連れ・おばあちゃん連れ留学

いよいよハンブルクに留学できることになったが、子どもたちはどうするべきか。あらためて実家の母に、「一年間子どもを預かってもらえないか」と訊いてみた。一人で留学できれば、もちろんその方が楽だ。しかし、返ってきた答えは、「どうせならわたしも外国に住んでみたい」というものだった。いろいろ話し合った結果、子どもをおいていくのではなく、母がベビーシッターとしてわたしたちについてくることになった。

両親は、一度も日本から出たことがなかった。もちろんパスポートも持っていない。

結婚六年目、以前から留学を口にしていた夫がついにハワイ大学に行くことになったときは、当然のようにわたしが子どもたちの面倒を見た。そして、わたしが留学するときにも、やはり子どもたちはわたしが連れていくことになった。これは、夫が理系の研究者で実験のために大学にいる時間が長く、子どもの世話をするのが難しいという事情も関係していたが、やはり子どもは母親が面倒を見るものという、暗黙のプレッシャーもあった。

しかし、世の中必ずしも母親と子どもの組み合わせばかりとは限らない。わたしの知人には何人か、父親が在外研究に子どもを連れていった例がある。ただしその場合、子どもはすでに小学校の高学年以上であることが多い。

子連れになる場合も念頭においてハンブルクを留学先に選んでいたので、連れていくことが決まってからは日本人学校の手続きをし、学校に近い地域に住居を探した。このとき、ハンブルクで不動産会社を経営しておられた小林さんという方に大変お世話になった。小林さんの奥さまが、まだ一度も会ったことのないわたしのためにアパートを見つけてくださり、契約を代行してくださったのである。当時のハンブルクは住宅難で、わたしと同じ奨学金でハンブルクに行った日本人留学生はかなり苦労していた。何か所かある大学の学生寮はすべて満室で、子連れで入居できる寮に手紙を書いても、ウェイティングリストに載せてもらえるのがせいぜいのところだった。まったく返事をくれない寮もあった。小林さんがあらかじめ見つけておいてくださったおかげで、わたしはハンブルク到着後、すぐにアパートに入居することができた。

わたしたちが住むことになったのはハンブルク西部のオートマルシェンという地域で、駅から歩いて二分のとても便利な住居だった。大家さんは学校の先生で、一年間休暇をとってイタリアに行くあいだだけ家を貸そうとしていたのだが、その休暇の期間とわたしの留学期間がぴったり重なっていたのである。わたしたちは、その家の家具や台所の食器、それにタオルもシーツもすべて込みで貸してもらえることになった。本棚には大家さんの本があり、いまでは珍しいLPレコードとステレオもあった。どれでも自由に使っていいという話で、寛大な大家さんであることがうかがえた。事実、彼は大変大らかな人で、住むにあたっての細かい注文などは一切なかった。ドイツでは窓をきれいにしていないと近隣から文句を言われる、という噂を聞いたことがあったので、念のためにわたしが「窓拭きはどれくらいの頻度でやったらいいんでしょう？」と尋ねると、「え？　窓拭きなんて、ガラスの向こうが見えなくなるくらい汚れてからでいいんだよ」と言ってくれて、おかげですごく気が楽になった。

　留学にはビザが必要だった。わたしと子どもたちのビザはすぐに取ることができたが、母のために申請したビザはなかなか下りなかった。当時は東西ドイツの統一直後であり、ユーゴスラビア内戦のためにドイツに来る難民の数が急増していた。戦争難民だけではなく、アフリカなどからのいわゆる経済難民もいた。ドイツ連邦共和国は、第二次世界大戦のときに多くのドイツ人が難民となって亡命した経験から、戦後は積極的に難民を受け入れてきたが、統一後の逼迫《ひっぱく》した経済の下で数十万人の難民のために税金を支出することに対して、国民の不満が募っていた時期でもあった。そうした背景もあって、奨学生であるわたしにはすぐにビザがおり、娘たちもわたしの子どもということで問題なく滞在を認められたのだが、母だけは「孫のベビーシッター」という理由が正当なものと認められず、ビザ申請後の審査に長い時間がかかることになった。母は結局、観光ビザでドイツに入国し、出たり入ったりをくりかえしながらビザ申請の答えを待っていたのだが、申請を却下するという答えが届いたのは翌年の初夏で、わたしの留学期間はもうほとんど終わろうとしていた。ということで、母には観光ビザしかなかったのだが、それでもかなりの期間にわたってハンブルクの家に滞在し、「どうせなら外国に住んでみたい」という夢を叶えることができた。

また、父がその間に何度かヨーロッパに来たため、父と母はハンブルクを起点に、スペインやフランスやイタリアにフルムーン旅行をすることができた。父も母もあまり語学ができないので、かなりの珍道中だったようだ。飛行機嫌いということもあって、飛行機だったらハンブルクから二時間で行けるマドリッドまで、二日間かけてパリ経由の寝台車で移動したりしていた。絵画が好きな父にとっては美術館巡りの旅でもあった。母は「お父さんと旅行すると美術館ばっかりで疲れる」と愚痴をこぼしながらも嬉しそうに出かけていた。用心深い性格なので、貴重品はすべて古いストッキングに詰めてお腹の周りに巻き、その上から服を着ていた。それでも、イタリアではタクシーのぼったくりに会い、地下鉄のなかではスリの集団に取り囲まれたりして、スリリングな思いを味わったようだ。

父はわたしの帰国後に癌が見つかって他界してしまった。新婚旅行さえ愛知県内（名古屋から知多半島への一泊旅行）で済ませてしまった両親にとって、当時のハンブルクからの旅行は最初で最後のぜいたくな外国旅行で、自分の留学がそうした旅行のきっかけになったとすれば、ささやかな親孝行はできたのかな、とも思う。

マイネ・ムッター・イスト・ニヒト・ダー（母はおりません）

ハンブルクでの留学生活は、わたしと娘二人、母も入れると女性四人の共同生活となった。住居は庭のある一戸建てで、一階がわたしたち、二階にはゲアトという独身男性、三階のロフトにも独身男性が二人住んでいた。地下には洗濯室と物置があり、近所の男性が半地下を一部屋借りて仕事部屋にしていた。つまり、わたしたちを除くとまったく女っ気のない建物だったが、わたしたち外国人女性に対して、みんな実に親切にしてくれた。特にゲアトは、電気製品の使い方を教えてくれたり、急な雨のときにはわたしたちの洗濯物まで取り込んでくれた。彼は建物の共同所有者でもあったので、庭の芝生の手入れなどは彼が一人でやってくれた。公務員で、ハンブルクの都市計画部門に勤めていたが、残業がほとんどないようで、いつも五時二十分くらいに家に戻ってきていた。二週間に一度、週末に恋人がルクセンブルクから訪ねてくる。かなりの遠距離恋愛である。彼女が来ない週末には、ゲアトの方がルクセンブルクまで行く。判で押したように、きちんとスケジュールが決まっていた。二人のあいだにはすでに小さな娘もいて、ルクセンブルクで育てられていた。

ロフトに住んでいた独身男性のうち、マティアスはマールブルク出身の大学生で、わたしと同じゼミに出ていたこともあって、かなり親しくなった。一緒に食事しながら文学の話をしたり、演劇を見に行ったりした。建物の入り口には郵便受けが一つしかなかったので、みんなの郵便物がまとめて配達されていた。わたしのところには日本からの郵便がよく届いたが(当時はまだ電子メールがなかったのだ)、マティアスのところにも手紙が頻繁に来ていた。マティアスはパンを焼くのが好きで、自分の部屋にオーブンがなかったため、わたしたちの台所にパンを焼きに来た。わたしもついでにパンの焼き方を教えてもらった。おいしいサラダの作り方も教えてもらい、子どもたちはそれを「マティアス・サラダ」と呼んで、喜んで食べていた。マティアスにはやがてダニエラという恋人ができ、一緒にロフトで暮らし始めた。

小学校の三年生と一年生になっていた娘たちは、電車で三駅離れたところにある日本人学校に通っていた。わたしは留学前にがんばって車の免許を取ったものの、結局運転はしなかった。住居が駅から二分という好立地だったせいもある。駅前には商店街もあり、ショッピングのために遠出する必要はなかった。

日本人学校では、教科書もたまたま東京の小学校と同じものが使われていて、子どもたちは二学期から転校したのだけれど勉強の面ではあまり苦労せずにすんだ。もしドイツ人の学校に入っていたら、言葉の問題で相当ストレスがたまったことだろう。それでも、せっかくドイツで一年暮らすのだから、現地校に入れて国際的な経験をさせた方がいいのではないかという思いもないわけではなかった。ただ、自分自身も留学生の身であり、子どもたちのケアを充分にしてやれる自信がなかった。また、ドイツの学校は午前中だけで終わってしまうため、子どもたちに長い時間留守番させることになってしまっただろう。その点、日本人学校はお弁当持ちで、四時頃まで授業や行事があった。わたしが大学に行くためには、子どもが午後まで学校にいてくれた方が好都合ではあった。

そういうわけで、子どもたちはあまり文化摩擦を経験せずに済んでしまった。むしろ、東京よりものんびりとした日本人学校で、夏にはたっぷり外で遊び、のびのびとした一年間を過ごすことができた。日本人学校でも週に二時間ドイツ語の授業があったようだが、二人ともそれほどドイツ語は覚えなかったようだ。ただ、わたしがいないときに電話がかかってきたら、「マイネ・ムッター・イスト・ニヒト・ダー（母はおりません）」と言うように、子どもたちに教えてあった。わたしが教えたので大した発音ではないが、下の娘は臆することなく堂々と電話口でその言葉を言うことができた。ただし、それ以外の受け答えは教えてなかったので、「母はおりません」だけで電話を切ることになってしまい、相手にはかなり失礼だった。当時うちに電話をかけてくるドイツ人にはだいたいそのあたりの事情はわかっていたから、それほど実害はなかっただろうけれど。

学校が休みのときには、家族で旅行もした。イギリスやデンマークに行き、クリスマスには夫も一緒にミュンヘンに行った。一人で留学していたらもっといろいろな場所に行けたかもしれないが、子どもたちがいたことで、また別の経験をすることができた。「冬男」という人形を燃やす復活祭のお祭りによんでもらったり、友人の実家があるバルト海近くの村に行ったり、ハンブルク近郊の森を散歩したり。果樹園で桜桃を好きなだけ食べ、港の遊覧船に乗り、日曜日の魚市にも行った。留学中、当時ボン大学におられた上野千鶴子さんにお会いする機会があったが、上野さんは「子どもはすべてのドアを開ける」と言ってくださった。子どもが一緒だと、いろいろな家庭が受け入れてくれる、という意味だ。子どももぐるみでつきあうことのできた何軒かのドイツ人家庭とはいまでもやりとりがある。留学、といっても大学での勉強だけではなく、さまざまな人との出会いがあったことが、いまでは財産になっている。

母自身の変化も見ていて面白かった。母はハンブルクに来たころ五十三歳で、当初はドイツ語もまったくわからず、一人で外出するのを嫌がっていた。テレビを見ても意味がわからないし、ストレス発散もできずにいらいらしていたようだ。しかし、やがて少しずつ大胆になり、一人で買い物に行っては、日本語混じりのジェスチャーだけで品物を買って帰れるようになってきた。さらに、ハンブルク大学の学生にドイツ語の家庭教師になってもらい、簡単な会話の練習もした結果、『地球の歩き方』片手にハンブルクからハーメルンまで、あるいはリューベックまで、日帰り旅行もできるようになった。外国暮らしは「言葉」よりも「慣れ」なのかもしれない。母の行動範囲はどんどん拡がり、新しくハンブルクに来た日本人に町を案内してあげたり、日本の友人たちを呼び寄せたりと、活動的になっていった。さらにハンブルクの美術館で週末に開かれていた裏千家の茶道教室に入り、日本人駐在家庭の主婦の人たちに混ざってコーラスもやり始めた。ビザなし滞在とは思えない充実ぶりである。五十歳過ぎてからの外国暮らしでも、けっこういろいろなことに挑戦できるのだと教えてもらった気がする。

ほめまくり、叱られまくり

二十歳のころ、失恋をきっかけに、「自分はなぜこんな性格なんだろう」と悩んだことがあって、自分がどのように育てられたのか、いろいろと振り返ってみたことがあった。こんな性格って、どんな性格だよ、と訊《き》かれてもなかなかうまく言えないのだが、一言で言えば落ち込みやすい。表面は明るそうに見えても、自分のこととなると悲観的に考えてしまうところがあって、すぐに元気がなくなってしまう。自分をネガティブにとらえるのは完璧主義の裏返しでもあって、何でも理想どおりにできないと（できるわけないのに）がっくりきてしまう。これは両親がわたしをかなり厳しく育てたせいなのではないかと思い始めた。

たとえば、テストで九十八点を取っても、「なんで百点じゃないのか」と責められ、なかなかほめてもらえない。子どものころ、『サザエさん』を読んでいたら、カツオくんが学校で七十点を取ってほめられる、という場面があって、びっくりするとともに、羨ましかった。うちだったら、きっと叱られるのに。

若くして嫁ぎ、田舎から名古屋に出てきた母には、姑や小姑もすぐ近くにいて緊張を強いられる結婚生活のなかで、なんとか最初の子どもを優等生にしたいという野心があったのかもしれない。まだまだ封建的な空気が残る家庭のなかで、唯一自分の支配下においておけるのが子どもだったのだ。

百点を目指し続ける人生は辛い。それに、人生の価値は百点を取ることにあるわけではない。自分に子どもが生まれたら、自分の親とは違う育て方をしたい。できるだけほめてあげて、自信をつけさせてあげたい。次第にそう思うようになった。

長女が生まれたのはわたしが二十三歳のとき。わたし自身もまだ若い母親だった。子どもがわがままを言ったり危ないことをしたりしたらもちろん叱ったが、子育てのコンセプトは「できるだけいいところを見つけてほめる」にした。長女はよく気がつく子だったので、「すごいねー。よく気がついたねー」とか、「えらいねー。天才だねー」とか、他の人が聞いたら吹き出すくらい大げさにほめていた。要するに親ばかなだけかもしれない。細かいことは気にせず、いいところだけをたくさんほめる。すると、娘はますますよく気がつくようになった。その点はとてもよかったと思うのだが、ぼーっとした性格のわたしとはどんどん差がついていって、いつのまにか、親子の立場が逆転し、「どうしてお母さんはそんなことにも気がつかないの?」と注意されるようになってしまった。

自分の母親からは、相変わらず細かく注意される。娘たちからもいろいろ注意される。結局わたしは、上下の世代に挟まれた「叱られキャラ」なのであった。

自分を娘たちと較べてみると、学校時代もずいぶん違っていたように思う。たとえば、家庭科実習で裁縫をするとき、わたしは縫い物が得意な母にいつも手伝ってもらっていた。母はわたしがやるのを見るとイライラするらしく、こちらから頼んでもいないのに「ほら、貸しなさい!」と言っては宿題を取り上げて、仕上げてくれたのである。わたしは内心「ラッキー」と思いながら母に任せていた。その結果、家庭科の宿題であまり苦労せずに済んだが、自分で縫い物をする能力は身につかなかったのである。

娘たちが小・中学生のとき、わたしは仕事が忙しかったので、宿題は何一つ手伝ってあげられなかった。娘たちは親を当てにせず、何でも自分でできるようになった。それでわたしがまた、「すごいねー」と言うと、「なんでお母さんはできないの?」と言われることになる。わたしは思うのだが、母親がボケッとしていた方が、子どもはしっかり育つみたいだ。

子どもの受験で「家族みんなが神経質になって大変」とおっしゃるお母さんがいらっしゃるが、わたしはその時期もぼんやりと過ごしてしまった。東京出身ではないので、東京にどんな高校があるのかもよくわからない。三者面談のときに担任の先生から勧められた高校を大あわてで見に行ったりしたが、全然ピンとこなかった。大学受験に関しても、センター試験のことなどよくわからない。長女は理系だったが、理科の科目として生物を選択したのか化学を選択したのかも把握しておらず、不用意に「生物がんばってね」などと言って、「そんなの受けてない！」と怒られてしまった。あれ、そうだっけ？ と頭をかくダメな母親である。娘たちは学校の先生と相談して、自分で志望校を選び、さっさと進学していた。

こんなにボーッとした母親なのに子どもが無事育ったのは天恵というほかない。わたしがしていたのはたぶんただ一つだけ、娘たちを絶対に嫌いにならなかったことだ。そんなの当たり前すぎるかもしれないが、子どもが癇癪《かんしゃく》を起こして泣きわめいたり、反抗期でひどい態度を取ったりしたときにも、「あなたがどんなに変なことを言っても、わたしはあなたのことが好きだからね」と言い続けてきた。無理して言っていたわけではなく、自分の子どもというのはやはり、なかなか嫌いになれないものだ。それを口に出して、相手に伝えていただけだ。

娘たちももう二十代になった。たぶんいまごろは、かつてのわたしのように、自分の育てられ方を振り返り、「自分がもし子供を産んだら母親とは別の育て方をしよう」と決心しているのかもしれない。わたしがボーッとしていた反動で娘たちはしっかりした母親になり、一世代おいた孫（まだその予定はないが）はわたしのような性格になるに違いない。いまから楽しみである。

突然の一人旅

学生時代、バイトと部活に明け暮れ、あまり旅行をしたことがなかった。学期の休みごとに新幹線で東京から広島に帰省するのが自分としてはかなり大きな移動であって、それ以上遠くに一人で行こうとは思わなかった。自分が所属するバレー部の定期戦のために、福岡まで行ったことはある。それ以外は、三年生のときにドイツに三か月間行ったのが最大・最長の旅行だった。ただ、行き帰りは大学生のグループに混じっていたし、現地でも単独行動はあまりしなかったので、一人旅とはいえない。

初めての一人旅は、就職してからの海外出張だった。わたしの就職した女子大が学生のために実施を検討していたヨーロッパ語学研修のコースを下見に行ったのである。三月下旬に十日間ほどかけて一人でフランス・スペイン・ドイツを回り、旅行会社が提案した語学学校を見て回ることになっていた。まだバブルがはじけていない一九九〇年のことだ。成田からパリのシャルル・ドゴール空港に直行便で飛びながら、わたしはすごく緊張していた。同行者なしに飛行機に乗るのはそれが初めてだった。フランス語のできないわたしが、一人でパリ市内のホテルまでたどり着けるだろうか。ガイドブックを何回も読み直し、機内では眠ることができず、ふらふらになりながらそれでも何とか列車を利用してちゃんとホテルに着くことができた。しかし、緊張しすぎて気が立っていたため、ベッドに入っても眠ることができず、その後数日間不眠症に苦しみ、体調不良のまま旅を続けることになった。

この旅行は、ハプニング続きだった。まず、スペインのマラガでは迎えに来てくれるはずの語学学校の校長が現れず、空港で待ちぼうけを食った。一時間くらい待っても誰も来ないのでどうしようと思ってタクシー乗り場に行ったら、突然一斉に「カワイイ」と声をかけられてびっくりした。それがタクシー運転手たちの知っている唯一の日本語だったらしい。十人くらいいた運転手たちが、「カワイイ〜」と叫びながら「俺の車に乗れ!」という感じで群がってきてびっくりした。運転手たちを振り切ってバスに乗り、その語学学校の前まで行ってみたのだが、日曜日の夜で、入り口の門には錠が下りていた。しばらくのあいだ闇のなかで鉄の門をがちゃがちゃと揺すり、奥に向かって「ハロー」と叫んでみたりしたが、誰も出てこない。語学学校のゲストハウスに泊まることになっていたのに、まったく当てが外れてしまい、とぼとぼと市街地を歩いて最初に目についたホテルに宿を取った。翌日あらためて語学学校に行ってみると、「春のあいだ、授業は別の場所で行っております」という札が下がっていた。そこに書いてあった電話番号に電話してみたが通じず、一泊二日しかマラガで時間のなかったわたしは、先方に連絡がつかないまま、残っていた時間とお金で観光馬車に乗り、複雑な気持ちでマラガを見物したのだった。最初から下見失敗。いまだったら、メールや携帯電話でもっと迅速に対応できたかもしれない。このときは旅行をオーガナイズしてくれた日本の旅行会社に電話するのがせいぜいで、後になってから、語学学校の校長秘書がわたしの到着日を間違えてメモしていたのだ、と聞かされた。

その後、フランスのヴィシーにある語学学校を下見に行った。パリから特急で移動し、駅に語学学校の人が迎えに来ることになっていた。しかし、ヴィシー駅に着いてみると、誰もそれらしい人はいない。すでにマラガで経験済みのわたしは「ああ、ここにも誰もいないのか」と早々と納得してしまった。この旅行はうまくいかないという気がし始めていたのである。駅の構内を歩いていたら、年配の男の人からフランス語で声をかけられた。わたしが訪問する予定の語学学校の名前を言われ、「エテュディアン？　ジャポネ？」と訊かれて、わたしは勝手にその言葉を「あなたは日本の学生のために、この学校を下見に来たんですね？」と解釈してしまった。適当に「ウィ」と相づちを打ち、確認のために英語で話しかけたが、その人は英語がまったくわからない様子だった。彼はわたしを駅前の大衆食堂に案内し、「ここで二時まで待つように」(この言葉はフランス語だったのになぜか理解できた。たぶん時計を指さしながら言ったからだろう)と言いおいて去っていった。わたしは一人で適当にメニューを指さしてトンカツとオレンジジュースを注文し、食事をしていた。すると、その店に品のいい女の人が入ってきて、「松永さんですか?」と英語で訊いてくるではないか。実はその人が迎えに来るはずの人で(そうだ、名前も覚えている。マダム・モラールという人だった)、さっきの男の人は、毎日あの特急で到着する新入生を車で拾って学校に連れて行く運転手だったのだと聞かされた。「わたしたち、ちゃんとあなたのためにランチもご用意していましたのに!」その女性はわたしを高級レストランに連れて行ってくれたが、わたしはすでにトンカツを食べた後である。デザートだけ一緒に食べた。デザートといってもケーキが四切れも出てきてびっくりした。わたしは運転手から完全に学生と間違えられたのだ。マダム・モラールはそれをおもしろがって、行く先々で人に話していた。「この人、日本の大学の先生なのに、うちの運転手が、学生と間違えちゃったのよ!」わたしには子ども二人いるんですよ、と写真を見せると、その女の人はますます喜び、「この人、おまけに子どもが二人もいるのよ!」と言いふらしていた。ヴィシーでは語学学校の人に歓待してもらい、「マダム・セヴィニエの館」

という歴史のあるホテルに泊まることができて、とてもいい思い出ができた。

最後に、ミュンヘンの語学学校に行った。校長先生とアポイントメントが取ってあり、時間ぴったりに到着して用件を告げたにもかかわらず、受付の女の人から突然「あなたはドイツ語歴何年？」と訊かれた。「十年くらいです」と答えると、「そう、じゃああなたのクラスはこれがいいわ！」と時間割を出された。

当時のわたしは三十代初めだったのだが、いつも年齢より下に見られる傾向があり、もしかしたら服装も（自分がどんな服装をしていったのかもう忘れてしまったが）幼かったのかもしれない。ヨーロッパの人からまともなビジネスパートナーとして認識してもらえなかったことが、これらのできごとからもわかる。この最初の出張は「子どものお使い」のような感じで、大人としての任務が果たせなかったように思うのだが、同僚の人たちは、「学生の語学研修の下見だから、学生みたいな人が行くのがちょうどよかったんですよ」と、慰めとも励ましともつかない言葉をかけてくれた。下見にまつわる数々の行き違いを会議で報告した結果、結局そのプランを作った旅行代理店とは契約しないことになってしまった。

かなりめちゃくちゃだったこの最初の一人旅の後で、わたしは一年間ハンブルクに子連れ留学した。そしてすっかりヨーロッパにも慣れ、留学後は毎年必ず一人でヨーロッパに行くようになった。留学中お世話になった先生や友人を訪ね、新しい場所に旅行し（ちょうど紀行文を書く仕事が入ったので、集中的に北ドイツを旅行した）、研究のための資料を集める。それだけではなく、毎回ドイツ以外の国にも足を伸ばすことにした。たとえば、わざとフィンランドで飛行機を降り、陸路と水路を使ってドイツに渡ってみたりした。このときはヘルシンキからストックホルムまで、二十八時間も列車に乗って移動した。この路線は風景が美しい、と聞いていたのだが、フィンランド側は行けども行けども森ばかり。木の多さに圧倒された。スウェーデン側は夜行列車だったが、湖の上に白銀の月が浮かぶ幻想的な風景を見ることができた。スウェーデンのイェーテボリからフェリーでドイツのリューゲン島に渡ったが、船内で急病人が発生し、緊急搬送のために国防軍のヘリコプターに出動を要請する事件があり、目的地への到着は大幅に遅れた。島に着いたのが午後十時過ぎ。港で適当にホテルを探すつもりだったのが、週末で満室になっており、生まれて初めて野宿することになってしまった。列車の駅まで行き、構内でコンクリートの床に体育座りをして一夜を明かした。横になって寝てしまうと荷物を取られる気がして、とても寝られなかった。それに、まさか野宿するとは思っていなかったので、ブレザーにスカートという出で立ちだった。コンクリートの床は固くて冷たかった。唯一の救いは、ほかにも駅で夜を明かして始発電車を待つ旅行者がいたことだ。ただし彼らはみなグループで、寝袋やマットなども持っている人々だった。マットで眠っている人々を横目で見ながら、「いまごろ日本の家族は何しているかなー」とか、「ドイツの友人の誰かに電話して、いま野宿してるのよって話したいなー」とぼんやり考えていた。携帯電話があったら誰かと長電話しただろうけれど、そのころにはまだなかった。夏とはいえ北ドイツの夜はかなり冷え込む。四時ごろの始発列車に乗って内陸部に向かう途中で朝日が昇った。そのままノイブランデンブルクまで行き、駅のコインロッカーに荷物を入れて町を見物し、さらにロストックまで行って駅前のホテルで昼寝をした。

その後もギリシアでタクシーの運転手にぼったくられたり、ポーランドとドイツの国境で列車のコンパートメントに税関の職員がなだれ込んできて床板をはがし始めたり（床下に密輸品が隠されていないかチェックしたのだ）と、いろいろな経験をしながら、気がつくとすっかり一人旅にも慣れ、初めての出張のときのように緊張することはなくなった。

普段忙しくしていて、自分を省みる暇がないので、一人旅のときにゆっくりと考えごとをする。別に外国に行かなくても、国内でも近場でも、それは可能だと思う。自分と二人きりになれる一人旅の贅沢な時間がとても気に入っている。

ドイツのビッグ・シスター

会えてよかったと思う人、お世話になった人の名前を挙げればきりがないが、公私ともども、長期間にわたりお世話になり続けている人に、留学時の指導教授だったインゲ・シュテファンさんがいる。

初めて会ったのは、留学のためハンブルクに到着した後の一九九一年九月。あらかじめアポイントメントを取り、大学の研究室を訪ねた。ドアをノックすると赤っぽい髪の毛をウェーブさせた可愛らしい雰囲気の女性が現れ、それがインゲ・シュテファン先生だった。その親しみやすい態度に、一気にこちらの緊張もほどけた。ちょうど夕方だったので、わたしたちはそのまま、大学のそばのトルコレストランに行って夕食を食べた。会話のなかで、シュテファンさんにも三人のお子さんがいることを知った。活躍している女性には未婚者が多いのではないかと勝手に思いこんでいた当時のわたしは、子育てをしながら仕事を続けている彼女の話を聞いて、大変励まされた。また彼女の方でも、子連れ留学をしているわたしのことを気にかけてくれるようになった。

学期が始まってみると、彼女のゼミは大人気であることがわかった。なんと百二十人もの学生が集まっていたのである。シュテファンさんはしかたなくゼミを二つのグループに分け、週二回別々に行うことになった。日本ではドイツ文学というのはマイナーな分野で、演習の参加者は十人もいれば多い方である。そうした少人数の授業に慣れていたわたしは、ドイツの大学における独文の学生数の多さにびっくりした。たしかに、日本でも日本文学の授業は受講者が多いかもしれない。でも、ゼミに百二十人というのはさすがに考えられないだろう。そもそも、日本なら履修者数の上限が決まっていて、それ以上は受け入れられない、ということになりそうだ。文系のゼミや演習なら、普通は三十人定員というところだろう。ドイツの大学にそうした定員がないことに驚いた。そもそも履修登録というのもなくて、単位がほしい人は教員の指示に従って研究発表をしたりレポートを書くことで履修単位を認めてもらう。その他の人たちは、単位はいらないけどとりあえず聴講しますよ、討論には参加しますよ、という感じでそこにいる。席が足りなければ、文句も言わずに窓の張り出し部分を椅子代わりにしたり、床に直接座ったりしている。ドイツでは授業中にリンゴをかじったり編み物をする学生がいると聞いてはいたが、ほんとうにそのとおりだった。だが、授業の邪魔になるような私語をする学生はいない。居眠りしている人もほとんどいなかった。

ドイツと日本では大学の入学システムも違っている。大学入試はなく、学生たちは高校卒業試験の成績と本人の希望によって、進学先が振り分けられる。医学部のように定員が厳しい学部もあるが、人数制限がほとんどないところもあり、ハンブルク大学の場合、ドイツ文学だけで約五千人の学生がいるということだった。入学は簡単だが、出るのは難しい。ドイツ文学の登録学生のうち、国家資格もしくは修士・博士などの学位を取って学業を修了する人の数は二割弱らしかった。当時の大学は学費もかからなかったので、とりあえず学生の身分を確保してアルバイトに励むという人も多かったらしい。学生寮に入り、学生食堂で食事をすれば、生活費はとても安く済むし、日本よりもずっと自活しやすい環境なのだった（その後大学改革があり、かなり制度が変わったようだ）。

かくいうわたしも、ハンブルク大学に籍は置いたものの、日本ですでに大学院を修了していたので、留学中にたくさん単位を取る必要はなかった。週に四コマだけ授業に出て、それ以外の時間は調べ物をしたり、日本で発表するための論文を書いたり、本を読んだりしていた。あとは、ドイツ語のスキルアップのためのコースに通い、ゲーテインスティトゥートのディプロームを取った。シュテファン先生の薦めで、日本でわたしが行った小説の脚色・上演について、ドイツ語で一般向けの講演をしたこともあった。

シュテファンさんは率直で温かい人柄というだけでなく、ドイツのフェミニズム文学研究におけるスターのような存在でもあった。彼女のところには優秀な学生がたくさん集まっていた。わたしはそれまで、大学で男性の教員の指導しか受けたことはなく、自分のモデルとなる同性の教員にあまり出会わなかった。そういった意味でも、彼女から刺激を受けることは多かった。シュテファンさんは人を励ますのがうまく、わたしは彼女が背中を押してくれたおかげで、留学後も国際会議で発表したり、ドイツの学術雑誌に書かせてもらったりするようになった。また、わたしが帰国後初めて一人で翻訳したのは、シュテファンさんが書いた『才女の運命』という本だった。

留学の一年はあっという間に過ぎてしまったけれど、わたしはその後も毎年夏休みなどを利用してハンブルクに行き、シュテファンさんと交流を続けた。シュテファンさんの家に泊めてもらい、家族全員と知り合いになったし、シュテファンさんが学会の招きで来日したときには、我が家に泊まっていただくこともできた。二〇〇四年度に大学から在外研究を認められてベルリンに行ったときには、シュテファンさんのアパートに一年間下宿させてもらった（シュテファンさんは九〇年代半ばにハンブルクからベルリンの大学に移っていた）。シュテファン家のフランスの別荘に滞在したり、ご自宅のクリスマスパーティーに行ったこともあり、家族の一員のように親切にしていただいたことを感謝している。

彼女は旅行が好きで、アジアやアフリカにも興味を持っており、アジアで訪れた国の数は十か国近いのではないかと思う。ヒッピー世代で、細かいことをあまり気にしない。みんなと露天風呂にも入るし、雑魚寝も平気。彼女からは研究のことだけではなく、そうした大らかさも教えられた。いまでは友だち感覚で「インゲ」と呼んでいるが、彼女はまさにドイツにおけるわたしの母であり、ビッグ・シスターである。彼女は今年定年を迎え、ちょうど昨日、今後の連絡先を知らせる写真入りの可愛いメールが届いた。教師として輝いていた彼女が第二の人生をどんなふうに送るのか、人生の後輩としてこれからも見つめ続けたいと思う。

『朗読者』の原作者、シュリンク氏

一九九〇年代の後半ごろから、細々とドイツの文学作品を翻訳するようになった。ドイツ語圏の文学は、おそらく一九七〇年前後くらいまでは、ヘッセやリルケやカフカ、トーマス・マンなどがよく読まれており、日本でも大変ポピュラーだったのだと思う。しかしわたしが大学院での勉強を始めたころ、ドイツ語文学、ことに現代文学はいかにもマイナーだった。前述の四人の作家たちと比較すると、戦後のドイツ語文学を支えてきたノーベル賞作家の二人、ハインリヒ・ベルとギュンター・グラスでさえまだまだ知名度が低く、翻訳された作品も、グラスの『ブリキの太鼓』は別格として、それ以外はあまり広く読まれていないように思う。

ドイツの現代文学を翻訳する仕事はとても楽しかったが、出版される本の部数はいつも二千部、三千部といったところだった。ところが、一九九八年に新潮社から依頼をいただいて翻訳したベルンハルト・シュリンクの『朗読者』は、クレストブックス創刊二周年の記念作品に取り上げられたこともあって、当初からさまざまな方たちが新聞の書評欄で紹介してくださり、気がついたらベストセラーリストに載っていた。そんなことは翻訳者として、もちろん初めての経験だった。とても嬉しかったが、あまり実感がなくて、どこか遠くで起こっている、自分とは関係のないできごとのような気がしたことも確かだ。いったん翻訳して原稿を渡してしまえば、その作品はわたしの手を離れて一人歩きを始めるのだから。

『朗読者』は十五歳の少年と、彼の母親といってもいいくらいの年齢の女性との恋愛を描いた小説である。恋愛は一夏しか続かず、女性は突然姿を消してしまう。そしてその後、法学部の学生となった少年は、戦後二十年経ってあらためてアウシュヴィッツの犯罪を裁くことになった裁判の傍聴に行き、被告席にいるその女性を見いだすのである。性愛の手ほどきをしてくれた女性が強制収容所の元看守だったと知ったとき、彼はどのような行動を取るのだろうか？　そして、その女性の「罪」に対して、わたしたちはどう考えるべきなのだろうか？

『朗読者』はそのような問いを投げかける小説で、法学者であるシュリンク氏が、裁判の事例や法律の解釈だけでは答えの出ない問題を小説という手段で読者に考えさせようとしている側面もある。一九八〇年代の後半にミステリー作家としてデビューした彼は、ミステリーの手法を『朗読者』のなかにもうまく持ち込んでいた。いくつかの謎があり、秘密が少しずつ明かされていく。結末にも意外性がある。小説は全体が三部に分かれ、そのなかでさらに数ページごとに章が立てられている形式だった。

小説の翻訳が出てから数年後、初めてシュリンク氏に会う機会があった。それ以前にも何度か訪問を打診したのだけれど、タイミングが合わなかったのである。二〇〇五年の夏、ようやくそれがかなった。ベルリン大学に近い「フランス通り」にあるレストランを指定され、早めに出かけていった。わたしはシュリンク氏を、写真でしか見たことがない。眼鏡をかけた、ちょっと爬虫類的な顔という印象だった。少し怖そうな人にも見えた。おまけに向こうはわたしの顔を知らない。うまく会えなかったらどうしよう。

レストランの入り口で、「シュリンク教授と待ち合わせているのですが」と言うと、奥のテーブルに通された。かなり座席数の多いレストランである。心配になってウェイターに「わたしはシュリンク教授の顔を知らないのですが」と言ってみた。ウェイターは「大丈夫ですよ」と答えた。実際、シュリンク氏が到着すると、彼がここのレストランのなじみの客であることがわかった。スタッフ全員から挨拶を受け、彼はまっすぐわたしのいるテーブルに向かってきた。見た瞬間、彼だとわかった。写真のとおりの顔。ただし爬虫類的なところはまったくなくて、とても暖かい笑顔だった。非常に背が高いことも意外だった。また、とても礼儀正しい人だった。食事をしながら、彼は執筆中の小説『帰郷者』について話してくれた。大学での仕事を減らしてもらうためにすごくがんばったんだという話もしてくれた。大学では一つの教授ポストを同僚と半分ずつ分け合い、一年のうち半年だけ教えているとのことだった。非常勤とも違う、常勤のワークシェアリングである。これを日本でも導入できたら、有能な若手研究者の就職のチャンスも増えるし、カリキュラムの幅も拡がるだろう。

「あ、これ、お土産です」食事の後、わたしは持参したものを差し出した。日本の浮世絵をモチーフにしたクリア・ファイルを何枚か持っていったのだが、うっかりして値札シールを付けたままにしていた。シュリンク氏は包みを開き、一枚三百十五円という値段を確認し、ほほえみながら「実用的ですね。ありがとう」と言った。値札シールをはがし忘れたことで、わたしはその後数時間のあいだ激しく落ち込んだけれど、やがてまた立ち直った。

シュリンク氏は値札のことなど気にしない大人物であった。その翌年、出版社やゲーテ・インスティトゥートの招きで来日が実現し、三日間ほど彼のアテンドをした。何度も食事をともにしたけれど、彼はいつも礼儀正しく、冷静沈着で、座の会話をうまくコントロールしていた。

ただ、彼にはちょっとだけ、意地悪なところもある。というか、頑固な部分というべきか。日本でインタビューを受けたとき、いくつかの質問を見事にはぐらかしていた。「今度の作品は、これまでとどこが違いますか？」「ストーリーが違います」「これまでと同じところは？」「作者が同じです」というような、相手を煙に巻く受け答え。また、気に入らない質問に対しては、沈黙で答える。あまりにも率直すぎる質問が、彼は嫌いなようである。また、質問が安易すぎるようだと、答えることを拒む。ひねりのある、洗練された質問でないと認めないというところがある。

シュリンク氏はメールをやらない。プライベートではやっているのかもしれないけれど、大学や文学関係の連絡はすべて秘書やエージェントを通さなくてはいけない。小説は、鉛筆で紙に書くという。大学はその後定年退職し、いよいよこれからは作家三昧。「短編集を書きたい」と話していたが、どんな作品が飛び出してくるか、楽しみである。

登場人物のその後

映画を観ていて、登場人物のその後がひどく気になってしまうことは誰にでもあるのではないかと思う。男女が一緒になるにせよ、別れるにせよ、その後どうなるのか。誰かが死んだ場合、その人の係累はその後どんなふうに生きていくのか。見終わって気になるところのほとんどない映画というのは、あらすじはすっきりしているのかもしれないけれど、ひどく物足りない映画でもある。

たとえば西川美和監督の『ゆれる』の最後の場面。吊り橋で起きた転落事故について、弟が裁判で兄に不利な証言をし、兄は殺人犯として服役することになる。実際に故意の殺人だったのか、それともほんとうは事故なのか。映画では転落の瞬間が描かれないため、観客は推理を働かせるしかない。まったくタイプの違う兄弟、堅実だけれど面白みのない兄と、都会に出て、写真家として自由に生きている弟。川に転落する女性は兄とも弟とも肉体関係を持っているらしい。この三角関係がまず想像をかき立てる。

その兄が、刑期を終えて出てくる日。兄は父と弟のいる実家には立ち寄らず、一人でバスに乗ってどこかに行ってしまおうとしている。その兄の姿を認めて追いかけ、バスに乗ろうとする直前で声をかける弟。道路を隔てて、兄と弟の目が合う。兄が照れたように、ほんの少しだけほほえむ。兄の複雑な心情を滲ませているようで、とても心に残る、ちょっと寂しそうな笑顔だ。

ちょうどバスも来ている。兄はあの後、バスに乗ったのだろうか。それとも乗るのをやめて、弟と話をしたのだろうか。二人は和解できるのだろうか。ほとんど泣き出さんばかりの弟の表情と、兄の寂しそうな笑顔。二人だけが知っている真実。死んだ女性は、二人にとってどんな存在だったのだろうか。そんなことを考えさせられ、くりかえし思い出してしまう映画だ。

もう一つ、今村昌平監督の『うなぎ』の一場面もよく思い出す。冒頭、釣りが好きな男が妻に見送られ、弁当を持って夜釣りに出かけていく。しかし彼はその夜に限って、釣りをしないで家に戻ってきてしまう。差出人のわからない不審な手紙を受け取ったからだ。「あなたが夜釣りに出かけているあいだ、奥さんはいつも浮気をしている」とその手紙は密告している。留守のあいだに訪ねてくる男がどんな車に乗っているか、手紙の主は具体的に描写してみせる。手紙を受け取った夫がふいに家に戻ると、まさに書かれていたとおりの車が家の前に停まっている。妻が見知らぬ男と性交しているのを窓越しに見た夫は、裏口から家に入り、いきなり妻を殺してしまう。わたしが気になったのは、そのとき、妻と性交していた相手の男のことだ。彼は素っ裸で、「人殺し!」と叫びながら逃げ出していく。そのあとで夫は我に返り、自転車で警察に行って自首するのだが、相手の男は逃げた後、洋服や車を取りに戻ることができたのだろうか。それとも素っ裸のまま逃げて、誰かに助けを求めたのだろうか。どちらにしてもストーリーには関係ないし、その男はもう二度と画面には出てこないのだが、裁判のときには彼も証人として法廷に呼ばれたのだろうか。妻を殺したことで夫は服役する。家も失い(少なくとも夫は刑務所を出所した後、元の家には戻らない)、夫の人生は大きく変わってしまうのだが、不倫相手の人生も、それなりに大きく変わったのではないだろうか。それに、密告の手紙を書いた人はどうなったのだろう。おそらく近所の人だったのだろうが、おせっかいな密告のために殺人事件が起きてしまったことを、どう思ったのだろう。自分は正しいことをした、と自己正当化できたのだろうか。映画は出所後の夫の人生を緩やかに描いていくのだが、わたしはなんだか前半の事件の顚末《てんまつ》がとても気になってしまった。スルメイカを噛むように、いつまでも頭のなかで続きを考えてしまう。

もちろん小説でも、続きが気になるものはたくさんある。この夏、ウクライナの作家リユドミラ・ウリツカヤの『通訳ダニエル・シュタイン』というすばらしい小説を読んだ。この小説では、主人公ダニエル・シュタインと関わりを持つ何十人もの人々が出てくる。主人公の死後、その人たちがどうなるのかも、とても気になった。この小説は第二次世界大戦中のヨーロッパにおけるホロコーストの問題も取り上げているが、ホロコーストを扱った小説では、ほんの一瞬の判断でその人の運命がまったく変わってしまう、ということがよく起こる。これは実際に、ナチ時代によくあったことなのだろうと思う。ナチの司令官のちょっとした気まぐれで殺されてしまったり、たまたまいい人に出会って匿《かくま》ってもらうことができたり。理詰めではなく、まさに運命のいたずらとしか呼ぶことができないような流れで、生と死が分けられてしまう。主人公の逃亡を助けてくれた善意の人が、その後、自らも生き延びることができたのかどうか、とても気にかかることもある。

登場人物のその後が気になって、別の小説を書いてしまった人もいる。こういうパターンは、探せばいろいろあると思う。わたしが翻訳したベルンハルト・シュリンクの『帰郷者』では、主人公の男性が、たまたま断片的に読んだ小説の結末が気になって、小説の作者を捜し出そうとする。そこから新しい物語が発展していくのだが、きっかけとなった小説の結末は、実は最後までわからない。シベリアの収容所を脱走してドイツに戻ってきたカールという帰還兵は、妻の傍らに新しいパートナーが立っているのを見て、どんな反応をしたのだろうか。淡々と立ち去ったに違いない、とわたしは想像しているのだが、答えがないので自分なりにその場面を思い浮かべるしかない。映画も小説も、想像力のレッスンになる。気になった登場人物を心のなかに呼び出し、ストーリーの続きを考えるだけで、軽く半日はつぶれてしまう。

人生で出会うほとんどの人々とは、ある時期に連絡が途絶えてしまう。学生時代に親しくしていた誰かの顔をふと思い出し、その人のその後の人生三十年分を、早回しにして観てみたい誘惑にかられる。自分の人生への登場人物の記憶は、映画や小説のシーンのように鮮やかではなく、ふとした声の調子、肌のぬくもり、窓から見た後ろ姿、のように断片的でかすかなものであることが多い。映画や小説は始まりと終わりがはっきりしているけれど、人生における出会いはそうではなく、その日が最後だと知らずに最後になってしまうこともある。思い出をたぐり寄せ、霧がかかったように曖昧な場面を頭のなかでつなげていく。わたし一人だけの映画や小説のように。

クリスタ・ヴォルフのこと

小説を読むのが大好きなので、当然のことながら、好きな作家が何人もいる。本を読むかぎりにおいては、その作者が生きていようと死んでいようとあまり関係ない。その作家が紡ぎ出した世界が本のなかにあり、執筆後何百年経っていようと、その世界が生き生きとしたものであるならば、読者はそれを「いま」のこととして、読書する現在において、堪能するのである。物語だけが強く心に残って、それを書いた人のことはあまり気にならない場合もある。『オデュッセイア』のように、作者のことがよくわからない物語もあるし。現代の作家のことが気になるのは、その作家がまさに自分たちの同時代人であって、自分と同じように生きている人だ、ということを確認したい気持ちがあるからだろう。閉じていない、作家の生。その生そのものが、未完の物語のように思えてきて、この先どうなるのだろうと、部外者ながらどきどきしてしまうのだ。

ある時期まで、わたしにとって「作家」といえば、それはドイツ語圏の作家のことだった。翻訳者として、ドイツ語文学研究者として、圧倒的に日本語よりもドイツ語の作家の方に関心が向いていたのである。九〇年代半ばから何年か続けて、毎年三月にドイツのライプツィヒで開かれるブックフェアに出かけていったのも、会場で作家の生の声が聞けるからにほかならなかった。ライプツィヒのブックフェアでは、ほとんど三十分おきに会場のどこかで作家の自作朗読会が開かれたり、公開インタビューやラジオの文学番組の公開録音が行われたりしている。フランクフルトのブックフェアに較べると国内向きで規模も小さいのだが、文学の愛好者にとってはライプツィヒはほんとうに楽しい、作家との出会いを体験できる場である。東京でも年に一度ブックフェアが開かれるが、残念ながら作家の参加率はぜんぜん高くない。わたしがライプツィヒで朗読や講演を聞いた作家には、ギュンター・グラスやスーザン・ソンタグがいる。クリスタ・ヴォルフやシュテファン・ハイムやトーマス・ブルスィヒやミリアム・プレスラーやジェニー・エルペンベック、マルセル・バイヤーも！（これらの作家についてお知りになりたい方は、ぜひネットで検索してみてください。）

そのなかでもクリスタ・ヴォルフはわたしが卒論や修士論文で研究対象にした作家であり、わたしの父と同じ昭和四年生まれとあって、特別に親近感を抱いている。彼女にだけは、卒論を書いた直後にファンレターを出したことがあった。まさか返事が来るとは思っていなかったが、半年後に突然返事が届き、狂喜した覚えがある。当時はまだドイツが東西に分裂しており、彼女は東ドイツのいわゆる反体制作家だった。手紙を書きながら、「きっと当局に検閲されるだろうな」と考えていた。手紙がヴォルフ本人に届くかどうかも心許なかった。それが届いたばかりでなく、返事までもらえたのである！　その後も、彼女の小説をわたしが戯曲化する機会などがあって、何度か手紙のやりとりをした。しかし、本人に会える日が来るとは、正直思っていなかった。

会ったのは、卒論を提出した当時から二十年後の、二〇〇二年である。ライプツィヒの会場で、彼女の講演があった。その二十年間のあいだに東西ドイツは統一され、ヴォルフはその過程でかなりひどいバッシングも経験していた。統一直前に発表した小説が自己保身の書であるかのように見なされ、一九九三年には彼女が一九五〇年代に情報提供者として秘密警察に協力していたという事実もすっぱ抜かれた。反体制作家として当局の文化政策と戦い、弱者の側に立つオピニオンリーダーとして歩んできた彼女のイメージが大きく傷ついてしまったのだが、それは彼女個人の問題というだけではなく、東ドイツの四十年の歴史をどのように受容するかというドイツ社会全体の問題でもあり、東に属する人々をいきなり二級市民であるかのように扱い始めた西側マスコミの「変節」や「優越感」の問題でもあった。彼女はその後、文学界においてほぼ復権を遂げ、わたしが彼女を見たライプツィヒのブックフェアではドイツ書籍賞を受賞した直後で、ゆったりと、幸福そうに見えた。講演後、通路でほんの短い時間、ヴォルフと言葉を交わすことができた。彼女はわたしが彼女の小説『カッサンドラ』を日本で戯曲化したことを覚えていて、親切な言葉をかけてくれた。その後、二〇〇四年の秋にベルリンで開かれたイムレ・ケルテースの生誕七十五年を祝う会でも、彼女を見かける機会があった。

考えてみれば、ヴォルフが生まれたのはドイツのいわゆる「ワイマール共和国」時代である。生まれた年に世界恐慌が起こり、第一次世界大戦後ようやく復興を遂げつつあったドイツ経済は、外国資本の引き上げによって再びどん底に突き落とされた。四百万人を超える失業者が街に溢れ、社会はどんどん不穏になり、政治への不満から右翼が台頭していった。彼女が四歳になる前にヒトラーが政権をとり、ドイツはナチの国家となった。彼女はナチ体制の下で教育を受け、疑問の余地なくヒトラーに忠誠を誓う軍国少女に成長していく。日本だと、ちょうど澤地久枝さんや林京子さんの世代だ。ヴォルフの両親は食料品店を営んでいたが、第二次世界大戦の勃発後、すでに四十代だった父親は兵役に取られてしまう。一九四五年一月には接近するソ連軍から逃れるため、ヴォルフの一家（祖父母や母・弟）は故郷を離れ、難民となって西を目指して移動した。彼女の住んでいた町（当時の名称でランツベルク）は、現在ではポーランド国内にある。

戦争が終わったとき、一家は難民としてドイツのメクレンブルク地方にいた。その地域はソ連に占領され、やがて東ドイツ（ドイツ民主共和国）となる。彼女は戦後、結核でサナトリウムに入院したりもするが、無事回復して高校生になり、マルクス主義の思想に出会う。ナチズムは彼女のなかですべてリセットされ、新たにマルクス主義の教育を受け、理想に燃えてドイツ社会主義統一党にも入った。ジャーナリズム活動を経て一九五九年に作家デビュー。一九六三年の『引き裂かれた空』で一躍有名になり、社会主義の優等生として賞揚された彼女だったが、一九六八年に発表した『クリスタ・Tの追想』という小説は当局の不興を買い、東ドイツではわずか三百部しか出版されなかったという。その後は反体制派と目され、さまざまな圧力もかけられつつ、七〇年代・八〇年代を過ごした。

ナチズムの崩壊と、社会主義の崩壊。彼女のように国家の大きな変化を二度も体験した人は、ドイツでは珍しくない。さらに統一後のバッシングまで経験したヴォルフ。現代史に翻弄された彼女の人生の、晩年が穏やかなものであることを願っている。

ベルリンの壁の思い出

二〇〇九年の八月十三日。夏休みを利用してベルリンに滞在していたら、朝のテレビニュースが「ベルリンの壁建設からきょうで四十八年」とアナウンスしていた。壁建設当時の映像がくりかえし流される。異様なできごとだった。前日まで横断可能だった道路の真ん中に、突然ブロックが積み上げられていく様子。ブロックの上に鉄条網が張られ、やがて四メートル近い壁へと「育って」いく。壁が低いうちに、飛び越えて逃げた人がいる。あるいは、国境地帯の建物の窓から西側に飛び降りて脱出した人もいる。ベルリンの「壁博物館」に行くと、壁が存在していた二十八年間のあいだに、さまざまな方法で東から西へ脱出した人たちの記録が展示されている。気球で逃げた人。トンネルを掘った人（これはもちろん一人でできることではなく、複数の人々が力を合わせて西側から掘った。この逸話は『トンネル』というタイトルの映画にもなっている）。自動車の座席のクッションをくりぬいて隠れた人（普通にトランクなどに隠れても検問ですぐ見つかってしまうので、国境警備兵が思いもしないような場所に隠れなくてはいけない)。旅芸人たちが持っているアンプのなかに隠れた人。スーツケースを二つつなげて、そのなかに隠れた人。知恵と工夫を凝らして逃げようとした人たちがたくさんいたことがわかる。ある日突然、居住地が壁で囲まれ、「ここからは出られません」と言われたら……。わたし自身も「なんとしてでも出てやろう」という気持ちになるかもしれない。昨日までは行き来することのできた街の西側地区に、もう出られないなんて理不尽だ。人間は出られないけれど、鳩やカラスは自由に飛び交っている。高い建物からは、壁の向こう側が見える。壁の両側では同じ言語が通じるし、親戚や友人があちら側にいる場合も多い。もともとは一つの街、一つの国だったのに、なぜそのなかに「壁」が造られなくてはいけなかったのか。

東ドイツ政府にはもちろん理由があった。政策に不満を持つ人々が西に逃亡し、逃亡者の数は年間数十万人にも上《のぼ》っていた。逃げるのは往々にして働き盛りの人や優秀な技術者など。自由競争のある西に行けばもっといいチャンスに出会える、と考える人たちだ。農業の集団化を嫌って西に移った人々もいた。東ドイツは壁を造ることで労働力流出を食い止め、社会主義ブロックにおける経済の優等生として、戦後の復興を成し遂げた。しかし、西ドイツはアメリカの資本援助によってより一層の経済発展を果たし、東西における豊かさの格差は残り続けた。一九八九年、東ヨーロッパの国々における民主化要求運動が盛り上がりを見せ、オーストリアとハンガリー間の国境が開放されると、そこを通過して西側に脱出する東ドイツ国民の数が急増し、ベルリンの壁は存在意義を持たなくなった。

一度だけ、壁がある時代のベルリンに滞在したことがある。一九八〇年の九月、西ドイツの学生たちと一緒に、一週間西ベルリンにいた。「壁」はやはり奇妙な感じだった。街が分断されているという事実を、目に見える形で絶えず突きつけられる。二度ほど、「日帰りビザ」で東ベルリンに行った。フリードリヒ通りの駅の地下にある検問所には長い行列ができていて、国境を越えるだけでもかなりの時間がかかった。そのため、フンボルト大学の見学ができなくなってしまった。決められた時間までに集合場所に行かないと、入れてもらえないシステムになっていたのである。フンボルト大学の本館は、いまでは誰でも入れるし、学食やトイレを利用することもできる。しかしあの日、門前払いを食らったわたしは、ウンター・デン・リンデンという名前の目抜き通りで衛兵交替や軍隊のパレードを観たり、歴史博物館に入ったりして過ごした。東ドイツに入る際、引率の西ドイツ人の先生から、「スパイと間違えられるので、橋や駅を写真に撮ってはいけない（橋や駅は軍事機密にあたる）」と注意されていた。わたしたちは数人で、東ドイツの一般家庭を訪問することになっていたが、その人たちの住所も暗記していくように言われた。住所などのメモが検問所で見つかった場合、相手に迷惑がかかるから、というのである。お土産を持っていく場合は、東ドイツで手に入りにくいチョコレートや果物がいい、と言われた。ただし、もし検問所でそれらの品々について質問されたら、「自分で食べるんです」と答えるように、とも指示された。そんな事前の注意を受けたので、日帰りの東ベルリン行きはかなり緊張感溢れるものとなった。

二度目に東ベルリンに行った際、わたしはあるシングルマザーの家を訪ねた。途中まで西ドイツ人の先生が一緒だったけれど、そのまま一人でその家に残り、夕食をご馳走になった記憶がある。アンティエという名前のその女性とは、当日初めて会った。彼女は質素なアパートに住んでいて、トイレは室内ではなく、共同のものが階段の踊り場にあった。ヴィープケという名前の一歳くらいの赤ちゃんがいた。見ただけでは男か女かわからないので「どちらですか」と尋ねたら、「ヴィープケというのは典型的な女性の名前です」と言われた。ヴィープケは目が大きくて色の浅黒い子どもだった。「この子の父親はアルメニア人なのよ」とアンティエは言った。その父親が一緒に暮らしていないことは明らかだったが、アンティエは淡々としていた。

アンティエは何歳ぐらいだったのだろう？　自分より十歳くらい上に思えたけれど、もしかしたらもっと年齢が近かったのかもしれない。共通の話題がそれほどあったわけではなかったけれど、その午後いっぱい彼女のところにいて、妙に居心地がよかった。アンティエに対しては、特に気を遣う必要がなかった、というとおかしいかもしれないが、アンティエはわたしが日本人であることを珍しがってあれこれ質問するというふうでもなかったし、自分のことを一方的に話すというふうでもなかった。それでいて、会話が嚙み合わなくて気まずい思いをするということもなかった。アンティエ自身がリラックスしていて、ごく自然にわたしに接してくれていたのだろうと思う。夕食は黒パンとハム、チーズだったが、アンティエはチーズを全部一人で食べてしまった。食べ終わってから、「あら、わたし、日本人はチーズが食べられないと思って、全部自分で食べてしまって」と言った。嫌みな感じではなく、恐縮している感じでもなかった。それまでわたしが出会った西ドイツの人たちは、自分の発言が相手にどう受け止められたのか確かめたがり、はっきりした反応を求める人が多かった。会話をする際にも何らかの期待があり、その期待が満たされないとがっかりした顔をするのだった。それに対してアンティエは、こちらに客としての気遣いを求めないと同時に、自分もあまり気を遣わないように見えた。食事の後、わたしたちは近所にいる子だくさんの家庭を訪問した。そこであれこれしゃべっているうちに十一時過ぎになってしまい、午前零時までに西ベルリンに戻らなくてはいけない日帰りビザだったので、あわてて車で国境検問所まで送ってもらった。夜の東ベルリンにはネオン広告などがほとんどなく、まばらな街灯がついているだけで、「これで一国の首都?」

とその暗さに驚いた。

アンティエとはその後も数年間、手紙をやりとりした。わたしに子どもが生まれたときにはプレゼントを送ってくれたし、沖縄の海洋博を批判するドイツ語の絵本（そんな絵本が東ドイツで出ていること自体意外だったが、『マサオ』というタイトルで、手書きの絵ではなく白黒の写真が使われていた）を送ってくれたりした。アンティエは社会主義の正しさを信じている感じの人だった。ベルリンの壁が崩壊した後、残念ながら連絡は途絶えてしまった。

二〇〇九年は壁が開いてから二十周年にあたる。そのため、ベルリンではさまざまなイベントが催された。わたしは一九九〇年以降毎年ドイツに行っているので、この間のベルリンの変化も実感することができる。抑圧の象徴だった壁がなくなり、人々の生活は自由になり、同時に豊かになったように見える。街自体も、建物の改修工事は進み、さらに新しいポップな建物が次々に建てられ、ベルリンのミッテ地区などはすっかり様変わりした。しかし一方で、社会主義時代の暮らしの方がよかった、と感じている住民も少なくはないらしい。競争社会になって物価も上がり、高齢者や年金生活者の生活水準はたしかに下がったかもしれない。アンティエとヴィープケはその後どうなったのだろう。彼女たちは壁崩壊以降の二十年間を、どうやって過ごしたのだろう。いまの暮らしに満足しているだろうか。壁のあった東ベルリンで半日を共にした親子のその後が、ときおり気にかかる。

瓦礫《がれき》の話

大学二年生のころ、ドイツ文学を自分の専攻に選ぼうと決め、ドイツ文学史の授業を履修した。どこの大学でもそうだと思うが、必修もあれば選択もあり、講義もあれば演習も、といろいろなタイプの授業があるなかで、わたしが選んだその授業は「一般教養」のなかの「自由選択科目」であり、学生が先生から与えられた課題に取り組むタイプの「演習」だった。初日に教室に行ってみると、履修者は三人しかいなかった。しかも女性はわたし一人。

先生は、自分の研究室で授業することを提案してくださった。教室と違って、肘置きのある、ふかふかのソファがあった。昼食後の三時間目。そうしたふかふかのソファに座って、ドイツ語で書かれた文学史の本（本というよりは小冊子といってもいいくらいの薄さで、戦後文学だけが扱われていた）を輪読した。自分が当たってテクストを訳しているときにはもちろん目覚めているが、他の人がやっているときにはしばしば睡魔に襲われた。

先生も、他の男子学生も、それほど声は大きくない。物静かで、心地よい声を聞きながら、気がつくと寝ているということがよくあった。先生と担当の学生だけが起きていて、他の二人が熟睡していることも珍しくなかった。それでも、ただの一度も怒られたことはない。そのキャンパスに何千人もいる学生のなかで、必修でもないこの授業を果敢に選んだ少数の学生を、あえて叱ろうとはされなかった。人数が少ないと休むこともできないし、当たる回数も多い。それだけではなく、先生ともたくさん言葉を交わすことができる。そう考えるととても贅沢な授業だった。その後、ドイツ語圏の現代文学を専門に選ぶことにしたきっかけのようなものが、この授業にあったのではないかと思う。

第二次世界大戦後のドイツ語文学の出発点を考える際によく使われる言葉が「ゼロ時」「皆伐《かいばつ》」「廃墟の文学」である。「ゼロ時」というのは、ナチス体制が崩壊し、すべてがいったんゼロに戻った、そのスタート地点を指している。「皆伐」は林業の言葉だそうだが、ある土地に生えている樹木をすべて伐採してしまうことを意味している。無条件降伏時のドイツは、まさにすべてがなぎ倒されてしまった状態だったのだろう。そして、「廃墟の文学」。空襲で破壊された都会の廃墟のなかから、新しい文学が生まれた。「廃墟」というと寒々した印象だが、そこに芽生え育つ生命のイメージを重ね合わせると、たくましさ、積極性、未来への希望などを感じ取ることができる。

戦争直後のドイツでは、「廃墟の女たち」という言葉もよく使われたそうである。男性たちはまだ戦場から戻ってきていない。そんななかで、瓦礫となった建物を片付け、生活を再建させていったのは女性たちだった。この言葉にも、ある種の力強さが伴っている。

木造建築の多い日本では、空襲にあった建物は跡形もなく燃えてしまうこともあっただろうが、ドイツでは石やレンガで造られた建物が多く、内部が焼けたとしても建物の外壁や基礎部分などが残ることは多かった。とはいえ、そのまま住むことができるほどに原形をとどめてはいない建物の場合、被災した後の瓦礫をいったんどこかに片付けなくてはならない。交通機関などはまだ完全に麻痺していた時期である。誰かがトラックを手配してくれるわけでもなかった。女性たちは列を作ってバケツリレーのように瓦礫を手渡しし、焼跡を片付けていった。

膨大な量の瓦礫は、その後どうなったのだろうか。「廃墟の女たち」のイメージにひかれつつも、瓦礫の行方についてはまったく考えたことがなかった。その答えがわかったのは、恥ずかしながら二十五年も経ってからである。

大学から一年の在外研究を認められてベルリンに滞在していた二〇〇四年に、わたしは旧東ドイツにあたるベルリンのプレンツラウアー地区のアパートに下宿していた。家から歩いて三分の近さに、「フリードリッヒスハインの国民公園」があった。かなり広大な公園で、外周を一回りしたら一時間近くかかりそうだった。公園のなかには池があり、ちょっとしたカフェがあり、小さな子どもの遊び場があり、フィールドアスレチック場があり、花壇や芝生がある。卓球台やバスケットボールのゴールなども設置されている。驚いたことには、テニスコートも二面。ビーチバレー用のコートも十面あった！　これは、その年にビーチバレーの世界大会がベルリンで開かれたことと関係があるのかもしれないが、ちゃんとビーチらしい砂が敷いてあって、ときおり若者たちがプレーに興じていた。

公園には、かなり大きな記念碑もあった。旧東ドイツだけあって、ソ連やポーランドなど、社会主義圏の戦争犠牲者を慰霊する碑が目についた。この公園の近くに住んでいた一年のあいだ、わたしはかなり頻繁にこの公園に散歩に出かけた。たいていは左回りに一周する。広い公園のなかには縦横にいろいろな道が走っていたので、日によってコースを変えながら、最後は公園の中央にある小高い丘に登った。丘の高さはせいぜい二十メートルくらいのものだったが、面積はかなり広く、大きな木が育っていた。一番上の平らになっているところに行くと、ベルリンのテレビ塔が間近に見える。人が少ない日には、まるで田舎に来たような気分で、木立のなかを歩くことができた。その冬、ベルリンには何度か雪が降ったが、積雪するとその丘の斜面ではたちまちそり遊びが始まった。日曜日など、何十組もの親子が登っては滑り、登っては滑りをくりかえしている。雪の日は特別なのか、小さい子でも夜八時くらいまで滑っていて、冬でも元気なベルリンっ子の様子に感心したものだった。

そんな丘が、実は元からあったものではなく、瓦礫を集めて戦後造られたものだと知ったのは、もう滞在も終わりに近づいたころである。ベルリン市内のフンボルトハインという場所に残っている防空壕を見学するツアーに参加したときのことだった。防空壕といっても、半端ない規模である。一万五千人の市民を収容することができる大きさだった。コンクリートの壁は、衝撃に耐えられるように二・八メートルの厚さで設計されていた。建築にあたっては、多くの戦争捕虜や外国人労働者が投入され、劣悪な環境のもとで働かされた。防空壕は五階建てで、下の二つの階に市民を避難させ、上の階には軍隊が陣取って、高射砲で敵の飛行機に反撃することになっていた。性能のいい高射砲があったため、初期のころは敵機も防空壕の周辺を避けて飛来していたそうだ。しかし、ある時期から形勢逆転し、防空壕周辺が敵に狙われるようになっていった。それでも、防空壕自体は戦争を生き延びた。

こんな巨大な防空壕が、ベルリンに数か所もあったのだそうだ。戦後ベルリンに駐留した占領軍は、この目障りな防空壕を爆弾で破壊しようとした。実際、ティアパルクやトレプトウ公園などにあった防空壕は破壊されたのだが、フンボルトハインのそれは頑丈すぎて、発破することができなかったのだという。防空壕はいまでは公園の一部となり、夏期にガイドツアーが行われている。また、防空壕の垂直の壁は、フリークライマーにとっての格好の練習場所になっている。わたしたちが訪れた日曜の午後にも、何組ものクライマーたちが壁にとりついていた。こんな思いも寄らない形で、市民の憩いの場に変身したのである。

フリードリッヒスハインにも、大きな防空壕があった。わたしが散策していたあの丘は、防空壕や、その他の住宅の瓦礫からできたものだった。戦後六十年を経て、みごとに緑化され、ずっと前からそこにあったみたいに、風景に定着しているのである。ベルリンは瓦礫のなかから再生した街である。東京も、広島も、長崎もそうかもしれない。街の歴史、一つの公園の成り立ちからも、教えられることは多い、そう思えた防空壕ツアーであった。

たった一枚のCD

音楽に、それほどこだわりのある方ではない。好きな作曲家や演奏家はもちろんいるけれど、そうした人の作品を網羅して収集しようとしたことはない。系統だった音楽の聴き方もしない。ある時期にある限定されたCDをそれこそ何百回も聴いて満足するという、妙な集中癖がある。いったん満足すると、次はまったくタイプの違う音楽を聴き始めることが多い。クラシックの後はジャズ、その次はポルトガルの民謡とか、津軽三味線とか。順不同でいささか支離滅裂だ。

いろいろな時期の思い出が、「あのときくりかえし聴いていた音楽」の記憶と重なっている。高校のときなら井上陽水や中島みゆき。中島みゆきのファーストアルバムを聴くと、高校の修学旅行で行った上高地の風景が浮かんでくる。自由時間に『アザミ嬢のララバイ』を歌いながら梓川のほとりを歩いていた。修学旅行中に一人になる瞬間はほとんどなかったけれど、そのとき、ほんの十分か十五分、わたしは一人だった。一人になろうとして、わざとみんなから離れたのかもしれない。おそらくは視野の届くところに同級生の誰かしらがいたのだろうから、孤独を楽しむというほどの大それた行動でもなかっただろう。川のせせらぎをバックに、小さな声で歌いながら歩いた。他の曲ではなく『アザミ嬢』が口をついて出たというのは、どこか突っ張った、でもセンチメンタルな気分だったということだろうか。

ある時期にくりかえし聴いたCDが、それを紹介してくれた特定の人物の面影と結びつくこともある。友人の車に乗せてもらったときにふと耳にした音楽が気に入って、CDを買い求めたりしたときなど。音楽とともに、そのときの会話や風景が甦ってくる。ジャン・ミシェル・ジャールのシンセサイザーのCDとドイツの高速道路が結びついている。大音量で聴くと、いまでも高揚した気分になり、急いでなにかをしゃべりたくなってくる。古いジャズのカセットは、若い友人がわたし用に編集して録音してくれた。チェット・ベイカーやデクスター・ゴードンを初めて聴いて、衝撃を受けた。それで、夜中なのにもかかわらずその友人に電話してしまった。電話でたたき起こされたに違いない友人が、「や、構わんよ」と妙に大人びた口調で言ったことを思い出す。

初めてドイツに留学したとき、二人の子どもを連れてハンブルクに行ったことはすでに書いたけれど、荷造りの際、向こうで聴く音楽のことなど、まったく考えなかった。荷物は衣服と本、それにワープロ。ハンブルクで暮らし始めて一か月くらい経ったころ、CDラジカセを買った。わたしたちが住むことになった家にはすでにテレビがあり、レコードプレーヤーもあった。大家さんがおいていったたくさんのLPレコードもあり、それを聴いていてもよかったのかもしれないが、なにか自分で選んだものが聴きたくなった。

ハンブルク中央駅の裏手にある大型電器店「ブリンクマン」で、CDラジカセと一緒に、一枚だけCDを買った。フランス製で、グレン・グールドが一九五七年五月十二日にモスクワで行ったコンサートのライブだった。誰かに勧められたわけではなく、そのときの気分で買ったのである。グレン・グールドがカナダのピアニストで、若いときにコンサート活動をやめてスタジオ録音だけで演奏活動するようになった人だということは知っていたけれど、それ以上の知識はなかった。貴重なライブだな、とは思いつつ、まさか自分がこのCDを狂ったように聴くことになるとは思わなかった。プログラムはアルバン・ベルクの曲で始まっている。グールドはときおり演奏を中断し、作品についてのレクチャーを英語で行っている。それが別の男性によって、はきはきとしたロシア語に通訳される。二十世紀の作曲家の曲が続いた後、「次はバッハを弾きます」とグールドが言うと、わあっと拍手が起こった。グールドにとって、バッハの曲は音楽の一つの到達点を示している。「最高の」という形容詞を彼が強調しているのが二度聞こえる。『フーガの技法』が抜粋で演奏され、その後に『ゴールドベルク変奏曲』がやはり抜粋で演奏される。

このゴールドベルク変奏曲がすごい。スピードと躍動感があり、音色はとても明るい。最後に弾いている『変奏曲三十番』などは、聴いていてそれとわかるミスタッチが何か所もあるけれど、とにかく鬼気迫る勢いで、前に進んでいく、というよりも、どこかに駆け上がっていく。何度聴いても高いところに上がっていくイメージで、喜ばしさを超えた神々しさに思わずため息をつきたくなる不思議な演奏だった。グールドがゴールドベルク変奏曲の録音で一世を風靡《ふうび》したことを、当時のわたしはまだ知らなかった。何も知らないまま、ひたすらすごいと思った。聴くたびに自分の身体を突き抜けていく感動があり、気がついたら一日に何度も何度もこのCDを聴き、変奏曲三十番が終わるときには当時のモスクワの聴衆と一緒になって自分も拍手していた。二枚目のCDを買ったのは何週間も後だったと思う。それくらい、この一枚だけで満たされた気持ちになっていたのである。

ある音楽を聴いて「すごい」と思う瞬間は、いつも突然やってくる。自分がこれまでに聴いたCDというのは全然多くないし、そういう意味ではこれからもまだハッとするような音楽にたくさん出会えるのではないかと期待が高まってくる。どんな部屋で、どんな風景を目にしながら、自分はそれを聴くのだろう。と同時に、先のことを考えているとなぜか病室のイメージも湧いてくる。まだそんな年齢ではないのかもしれないが、自分が最後に聴く音楽のことが気になってしまう。父が葬儀でモーツァルトを流してほしいと遺言したせいだろうか。いままで、数人の肉親の最期に立ち会ったことがあったが、病室に音楽が流れていたことはなかった。酸素吸入や心臓の鼓動を告げる機械の音だけが、単調に響いていた。自分が死ぬときには、音楽があったらいいなあと思う。それともその瞬間、音楽が自分の体のなかから聞こえてくるだろうか。一生のあいだに耳にした音楽が、脳裏を駆け抜けるだろうか。それはどんな響き、どんな組み合わせなのだろう。そんなことが、ふと気になってしまうのである。

絶叫はしないけれど

ジェットコースターという乗り物に初めて乗ったのはいつだったか、もう思い出せない。親と乗ったのか、友人と乗ったのか。そんなことも覚えていない。小さいころは名古屋に住んでいて、東山動物園によく連れて行ってもらった。ちょっとした遊園地も併設されていて、そこで乗り物に乗るのが楽しみだった。中学・高校時代を過ごした広島には、大きな遊園地はなかった。高校生のときに友人と東京に遊びに行き、後楽園に行って何かの乗り物に乗ったときに、ポケットに入れていたものが全部落っこちてしまったことは覚えている。あれは、座ったままで座席が回転するタイプの乗り物だったか。いろいろ振り返ってみても、大きなジェットコースターに乗った記憶はない。

「絶叫系」という言葉は、そのころにはまだなかった。「セカイ系」という言葉が流行《はや》ったころにできた新語だろうか。おもしろい命名である。いま、わたしの周りは絶叫系が好きという人と、嫌いという人がほぼ半々に分かれる。

結論から言ってしまうと、わたしは絶叫系がかなり好きである。そのことを最近自分で確認した。もともとスピードのある乗り物に乗っているとわくわくするタイプではあった。そのわりに、自分で車の運転をすることにはならなかった（免許はあるがペーパードライバーである）が、もし運転していたら、かなり危ない人になっていたかもしれない。日常的に乗っている自転車では、下り坂で急にスピードを出してしまうことがある。

若いころ、デートで遊園地に行ったりはしなかった。映画とか、コンサートとか、ハイキングなら行った。学生時代は、お金の余裕もなかったし、バイト代の使い道として遊園地というのはあまり考えられなかった。遊園地は幼稚、というイメージがあった。大人が行くところとは思えなかった。ディズニーランドができたのはわたしが結婚した後である。子どもが小さいときには、何度も遊園地に連れて行った。豊島園。後楽園。多摩テック。そしてもちろん、ディズニーランドも。ただ、子どもが小さいと、スピードのある乗り物にはあまり乗れない。長女は乗り物酔いがひどくて、くるくる回る乗り物なども泣いて嫌がった。（彼女はいまでも、たとえ十万円もらってもジェットコースターには乗りたくないと言っている。）そのため、回転やスピードが少ない比較的穏やかな乗り物や、自分で運転するゴーカートなどに乗せることが多かった。子どもと遊園地に行くと、母親は子どもを見守る役回りである。自分一人でジェットコースターに乗るということもなく、わたしはいつのまにかジェットコースターを卒業した気がしていた。

しかし、後楽園に「ラ・クーア」という温泉施設ができたときに新しく登場した「サンダードルフィン」というジェットコースターを見たとき、ちょっと心が騒いだ。都心の、わたしがよく利用する駅の近くにある。遊園地は普通、入場料を払わないと入れないものだが、そこは入場料は必要なくて、個々の乗り物のチケットさえ買えば乗ることができる。「サンダードルフィン」は大きくて、軌道が描く形も美しかった。わたしはときおり「サンダードルフィン」の乗り場近くまで行き、並んでいる若者たちを眺めては、なんとなく羨ましく感じていた。それならば乗ってしまえばいいのだが、三十分か四十分待ちの行列のなかに、おばさんが一人で並ぶというのは異様な光景かもしれないと、自分で自分を牽制《けんせい》していた。そもそも、ジェットコースターは二人並んで座るようになっている。一人で乗る人なんかいるのだろうか、と思ってしまった。「サンダードルフィン」の隣にある大きな観覧車「ビッグ・オー」には何度か一人で乗った。一周するのに十五分くらいかかる。お天気のいい日は、東京の街がかなり遠くまで見渡せる。心が鬱々としているときに一人で「ビッグ・オー」に乗って、十五分間空を眺め、ずいぶん吹っ切れた思いになったこともあった。

ようやく「サンダードルフィン」に乗れたのは、卒業生のじーくさんのおかげである。

まったくの雑談で「サンダードルフィン」の話をし、乗りたいけれどもなかなか一人では勇気がなくて、と言ったとき、「じゃ、ぼくが一緒に乗ってあげますよ」と事もなげに言ってくれた。ある土曜日の夕方、待ち合わせして列に並んだ。もちろん、胸がわくわくした。しかし同時に、一抹の不安も心をよぎった。いざ乗ることになってから見てみると、そのジェットコースターのとてつもない高さや急な角度が気になってきた。いわゆる「絶叫系」の乗り物に、もう二十年近く乗っていない自分が、いま突然こんなものに乗って大丈夫なのか。気分が悪くなったりして、じーくさんに迷惑をかけるのではないか。顔ではほほえみながら、恐怖と後悔にさいなまれ始めていたけれど、もう逃げることはできない。ついに順番が回ってきた。

いったん乗ってしまうと、もう身を委ねるしかない。じたばたしてもどうにもならない。すごく怖かったけれど、走り出してしまうとあとは早かった。待っていた時間に較べ、走行時間はわずか二分くらい。自分ではよくわからないけど、絶叫はしなかったと思う。むしろクスクス笑ってしまった。走り終えて車が元の位置に戻ったときには、爽快感でうっとりしていた。よほどアドレナリンが出ていたのかもしれない。すぐにまた列に並び直してもう一度乗りたいほどの爽快感で、びっくりした。（実際には一度でやめたけれど。）降りてみると走行中の二か所で写真が撮られていた。写真に写った自分の顔が実に嬉しそうだったので、なんだか呆れてしまった。わたしは「サンダードルフィン」に乗って、新たな自分を発見したような気分になっていた。あるいは、子どものころの、乗り物好きの自分に再会した、というべきか。

怖い思いをするためにわざわざお金を払うというのも変な話だが、必ず生還できるという確信があってのことだ。技術への信頼がなければ、とても乗る気にはなれない。つかのま墜落の恐怖を味わうけれど、そのあとで、一つの困難を乗り越えたような錯覚と達成感にとらわれる。ジェットコースターは若者の乗り物と思われているけれど、大人ももっと乗っていいのではないか。待ち時間を短くし、一人でもさっさと乗れるようになったら、仕事帰りに立ち寄る女性も増えるのではないか。先日、ゼミ生のWさんと一緒にディズニーシーの「タワー・オブ・テラー」にも乗ったわたしは、絶叫系マシンに目覚めてしまった自分に、ちょっととまどっている。

きょうも坂道ダッシュ！

ときどき、学生と一緒にランニングしている。テニスの師匠であるNくんと大学の体育祭に出場したのがそもそものきっかけだった。一緒にテニスのミックスダブルスに出場し、師匠の活躍によってみごと金メダルを獲得した。そのとき、近くにある陸上グラウンドでは体育祭の他の種目（五千メートル走や百メートル走、十メートルダッシュなど）が開催されていた。Nくんはその場で五千メートルにエントリーし、長距離のスペシャリストを相手に健闘した。わたしも出場を勧められたが、いきなり走るのは自信がなかったので、「しばらくトレーニングして、来年出場します」と逃げを打った。このため、次年度の出場に向けて、早速トレーニングが始まったのである。

最初はNくんと、卒業生のじーくさんが一緒に走ってくれた。早稲田から目白台方面に向かう、坂の多いコースである。通称「胸突き坂」と呼ばれる、階段の続く坂をいきなりダッシュ。坂道ダッシュを三本、多いときには十本くらいくりかえす。それから神田川沿いに江戸川橋目指して走り、方向を転じて目白方面に坂を上がっていく。学生時代にバレーボール部のトレーニングでランニングしたことはあるが、その後二十年以上のブランクがある。しかも、年の離れた男子学生と一緒に走るので差がついて当たり前なのだが、最初からあきらめるのも悔しくて、できるだけついていくようにがんばった。神田川沿いの道は信号もなく、とても走りやすい。そぞろ歩くカップルなどをよけながら黙々と走る。上り坂に入ると苦しくてがくっとペースが落ちる。坂の上にある椿山荘から、結婚式帰りと思われる着飾った人々が下りてくる。「がんばれ！」と声をかけてくれるほろ酔いのおじさんもいる。椿山荘の前を通り過ぎるときには、路上に立つガードマンの人たちが挨拶してくれる。ずっと走って目白台公園を過ぎたあたりに、「東京で一番夜景がきれい」と言われている急な下り坂があり、新宿方面の高層ビルが真正面に見える。

一周で二キロ強のコースを二周か三周するのが普通で、距離を伸ばしたいときには夜景のきれいな坂までのロングコースを走る。その後軽く筋トレをして、銭湯に入り、さっぱりと着替えてから焼き鳥を食べて家に帰る。以上がだいたいのトレーニングメニューで、わたしはこれがとても気に入った。そもそも早稲田大学に勤め始めたころ、大学周辺に何箇所も銭湯があるのを見て、学校の帰りに銭湯に入る生活にひそかに憧れていたのがついに実現したのである。一汗かいたあとの銭湯は最高。その後のビールと焼き鳥はほんとうにおいしい！

大学生のころのわたしは、トレーニングが嫌いだった。バレーボール部からの引退が近づいた四年生の秋、下級生と一緒にトレーニングをしながら、「あと一週間したら筋トレから解放されるんだ」と思ってわくわくしたことを思い出す。スポーツは好きだったけれど、トレーニングのように地味なことをするのは嫌だったし、努力するタイプではなかった。それが急にトレーニング好きになったというのも変な話で、家族から不審の目で見られたのもある意味当然であった。トレーニングそのものより、若者たちと一緒に走れるところに魅力を感じていた点も否定できない。ただ、トレーニングにはどこか勉強に通じるところがある。「嫌だなあ〜」と思いながらやらされているうちは楽しくないけれど、自発的な興味が湧いてやり始めると、どんどんその楽しさがわかってくるのだ。

最初は三人で走っていたが、Nくんには体育会系の友人が多く、次第にいろいろな人がトレーニングに参加するようになった。いま思うと、二〇〇六年度はわたしにとってトレーニングの年で、ボート部・アメフト部・サッカー部などの人々がトレーニングに参加し、内容もただ走るだけではなくタイムトライアルあり、駅伝形式のリレーありと盛りだくさんになった。大勢で走っていたら、道行く人が「どこの学校のマラソン大会ですか？」と訊いてきたことがある。ゴールしてNくんと二人で道路に倒れていたら、「親子ですか？」と訊かれたことも。あと、じーくさんと並走していたら夫婦に間違えられたこともあった。大学生に混じって中年女性が走るのは奇妙な光景だったかもしれないが、たいていは夕闇のなかなので遠目には年齢不詳のはずだ。それに、最近はマラソンブームなので、神田川沿いの道にも中年ランナーは珍しくない。

わたしたちのショートコースのレコードはNくんが持っていたが、ある日東海大学の陸上部員がトレーニングに参加し、あっさりとコースレコードを書き換えてしまった（ちなみに、その人とわたしのタイム差は二分以上あった。たった二キロ余りのコースなのに、こんなに差が開いてしまうのだ。その人はスタートダッシュがものすごく早くて、スタート後三十秒でわたしの視野の及ばないところに行ってしまった）。体育会系の男子がスピードを競うなか、わたしはあまり勝負を気にせずに参加するつもりだったけれど、ときには挑発に乗って負けん気を見せてしまったこともあった。そして、自分に有利なようにルールを変え、最下位を免れたことも……。

もともと五千メートルを完走することを目指してトレーニングを始めたのに、気がついたら一万メートルでも完走できるようになっていた。しかし、こんなにがんばって準備したのに、二〇〇六年度の体育祭の種目からは、陸上競技が外されたのである……。

その後、留年していた体育会系のトレーニング・メンバーはほとんどが卒業し、トレーニングの回数は次第に少なくなってしまった。しかし、いまでも思い出したようにNくんから召集がかかることがある。トレーニング・リーダーのNくんは司法試験を目指していて、いまだ留年中。「受験勉強はまず体力から」をモットーに走っているが、最近太り気味で少し苦しそうである。かく言うわたしも体重増加中だ。たまにトレーニングすると自己満足してたくさん飲み食いしてしまうので、逆効果なのかもしれない。それに、ほんとうのトレーニングは、一人きりでも毎日こつこつと続けていくべきもののはずなのに、誘われるのを待っているあたりが邪道なのだ。そう思い、最近は近所の公園を一人で走るようになった。タイムは遅いが一万メートルを完走する自信はある。坂道ダッシュも五本くらいならいける。とはいえ、無理をしすぎて心臓麻痺を起こさないように注意しないと。

Ⅲ — ほんだな

Mein Bücherregal

ぶつ切りセンテンスの威力。

マーレーネ・シュトレールヴィッツという作家の作品を翻訳している。オーストリア出身の劇作家・小説家で、九〇年代にめきめき頭角を現し、注目を集めるようになった女性。以前、彼女が来日したときに、勤め先の大学で朗読会を企画した。「こわい人」という評判を聞いていたのでかなり緊張して迎えに行ったが、やわらかい声と物腰の持ち主で、取り澄ましたところのまったくない人だった。その朗読会のおりに抜粋の形で読んでもらった小説『誘惑。』を翻訳できることになったのである。自分が惚れて、ぜひ翻訳したいと思った作品を実際に翻訳できるというのはなかなか嬉しい。

これまで翻訳をやっていても、原作者の文体が自分に乗り移るなんてことはなかった。だいたい、原作はドイツ語で、自分の日本語とは別物、という意識があった。原作の文章のリズムや雰囲気をできるかぎり日本語でも再現するべく常に努力はしているのだが、自分の書く日本語がそれによってどんどん変わってしまう、などということがあるだろうか。しかし。今度ばかりは。シュトレールヴィッツを訳しているうちに、ふだん書く手紙やメールの文体まで変わりつつある。なんなんだ。このドイツ語……。

シュトレールヴィッツの文体の特徴は、なんといっても「ぶつ切り」にある。やたら句点（ピリオド）が多いのだ。そもそも、タイトルにもすでにピリオドが付けられている。この小説が出版されたのは一九九六年。日本におけるユニット「モーニング娘。」の誕生よりも先である。

「彼女にはどうでもよかった。誰かが襲ってきたら殴りかかろう。抵抗しよう。噛みついて。引っ掻いて。たたいて。蹴とばして。もう不安はなかった。抵抗しよう。車に戻るとまたどっと疲れが出た。」

ほとんど一語からなる文の重なり。切れのいいテンポ、どんどん前に進んでいく威勢よさ。と同時に、一つ一つの文がミニマムまで削られていることで、前後関係を理解するのに集中力を強いられる場合もある。

いずれにせよ、トーマス・マンのような「文豪」たちが副文を華麗に連ね、練りに練った長いセンテンスを何十行にもわたって展開したのとは対照的だ。なかなかピリオドのこない文章は翻訳者泣かせ。でも、ピリオドばっかりというのもけっこう度肝を抜かれる。シュトレールヴィッツは、どうしてこんな短い文章を書くようになったのだろう。

「断片のなかに身を置く方がわたしは気持ちいいのよ。」

あるインタビューのなかで、シュトレールヴィッツはそんなふうに語ったという。彼女が一九九八年にフランクフルトで行った文学講義によれば、こうした句点の多用は、父権制のなかで守られてきた言葉の秩序を崩すためのプログラムの一つなのだという。主語と動詞と目的語があって一つの文が成り立つ。その連関をぶった切る。完全な文章というのは「嘘」にほかならないから。魂の「植民地化」に抵抗し、わたしたちのなかに潜む「言葉のない大陸」に光を当てるために、シュトレールヴィッツはこれでもか、これでもか、と文のなかにピリオドを投げ込む。それは、文化における男性中心の伝統に対する、孤独でエネルギッシュな抵抗運動なのだ。

学校の作文の授業なら赤点がつきそうなこの文体の伝染力は強い。シュトレールヴィッツについての紹介記事や論文では、執筆者がよくこの文体を模倣している。そして翻訳者も。文章をぶった切る快感。じわじわと。それが。全身に。

「読む」から「聴く」文学へ
――ライプツィヒの書籍見本市を訪ねて

ドイツでは年に二回、大規模な書籍見本市が開かれる。春のライプツィヒと秋のフランクフルト・アム・マイン。規模が大きいのは秋の方だが、五百年以上の歴史を誇り、東独時代の流れを受け継ぐライプツィヒの書籍見本市も、統一後その存続意義を模索しながら少しずつ規模を拡大してきた。参加する出版社と国の数ではフランクフルトの約七千社、百カ国（二〇〇〇年）に対し、ライプツィヒは千八百社、二十五カ国とははるかに及ばない。当然ライセンスの売買などに関する実績でも大きく水をあけられている。しかし、ライプツィヒの書籍見本市にはフランクフルトにはない三つの特徴があるといえるだろう。

第一は、「読書大国」だった東独の伝統を思わせる、市民参加型の見本市であること。開催期間中、会場は出版関係者だけではなく、平日の昼間はクラス単位でやって来た学校の生徒たち、週末は家族連れの市民たちであふれかえる。昨今では「コミック」が重点的に取りあげられ、関連出版社のスタンドには人気マンガの全集やカタログが並んで子供たちの垂涎《すいぜん》の的になっている。プロの俳優による童話読み聞かせの時間もふんだんに設けられている。話題になっている社会現象や教育問題についてのシンポジウムもある。家族で会場を訪れ、それぞれが好きなプログラムに参加することのできる雰囲気が作られているのだ。

第二は、東ヨーロッパとの密接な関係と、旧東独時代へのこだわりが随所に見られること。たとえば二〇〇一年はポーランドの書籍が集中的に紹介されていた。ライプツィヒを含むザクセン州の歴史や文化に関する本も毎年大きく紹介されている。いまでは姿を消した社会主義時代の品物を絵柄にしたゲームなど、西の書店ではなかなかお目にかかれない代物が、ここではロングセラーになっている。旧東独時代への懐古を指すのにドイツ語で「東」を表す「オスト」という言葉をもじって「オスタルギー」という造語も作られているが、社会主義時代の悪弊は批判しつつも、自分たちがそこで生きてきた年月のすべてを否定すべきではない、とする主張が垣間見える。

第三の、そしておそらく最大の特徴は、会場にとどまらず市内のさまざまな施設を利用して、数多くの朗読会が企画されていること。見本市には国の内外から何百人もの作家が訪れる。最新作を作家自らが朗読し、時間があれば聴衆の質問にも答えてくれる、サインもしてくれる、という贅沢なプログラムがたくさん組まれている。二〇〇一年に訪れた際には、人気推理小説作家であるイングリット・ノルや、デビュー作『貝を食べる』が邦訳されたビルギット・ヴァンデルベーケ、インゲボルク・バッハマン賞を受賞した話題の新人ゲオルク・クライン、日本通で知られるスイスのアドルフ・ムシュク、八十七歳になってなお創作意欲盛んなシュテファン・ハイムなど、すばらしい作家たちの話を聞くことができた。（ハイムに会えたのはとくに嬉しかった。以前のプログラムにもハイムの名が挙がっていたのだが、そのときは病気のため急遽キャンセルになってしまったのだ。ユダヤ系で、ナチ時代を亡命者としてアメリカで過ごし、冷戦時代に東独に移住、ドイツ再統一後は国会議員まで務めた長老作家の波乱に富んだ生涯は、それ自体が歴史小説の題材になりそうだ。わたしはハイムについて日本語で論文を書いたことがあり、それを伝えると喜んでくれた。ハイムは残念ながら、その年の暮れに亡くなってしまった。）

もう一つ、とくに目立つのは、朗読を吹き込んだＣＤが、「聴く本」としてクローズアップされてきたことだ。ＣＤ本を出展したのは二〇〇〇年は四十社だったのに、二〇〇一年は七十社に増えた。会場内にCD専門の売り場ができていることからも、主催者の力の入れようが伝わってくる。前述のシュテファン・ハイムも、何枚かの自作CDの宣伝も兼ねてコメントを求められていたが、「CD本は車の運転にもぴったり。十三時間もかかる作品の朗読を録音してちょっと疲れたけど、いろいろなことを同時にやらなければいけない現代人にとっては、CD本で文学を聴くというスタイルは、今後ますます定着していくだろう」と語っていた。

もともとドイツは、作家による朗読会の盛んな国である。大都市に行けば、毎日のようにどこかで朗読会をやっている。ライプツィヒの書籍見本市では朝から晩までそうした朗読会を聴くことができるのだ。「ライプツィヒでは作品が読まれ、それを聴く時間がある。ベストセラーを追いかけるだけではない、ほんとうに読書好きの人々の集まりがある。だからわれわれも今年からスタンドを出すことにした」という主旨の、ホフマン・ウント・カンペ社支配人のコメントが「ディ・ヴェルト」紙に載っていたが、作家と読者（聴衆）の幸せな交流の手応えを感じることができた。

逃げてゆく愛、追いかけてくる歴史

久しぶりに旅先で原稿を書いている。九月半ばのシュトゥットガルト。空は雲に覆われ、時折叩きつける雨に街路樹が葉を散らしている。今朝は気温が十度以下に下がった。秋が駆け足でやってきたようだ。

書店には出版されたばかりのベルンハルト・シュリンクの新作ミステリー『ゼルプの殺人』が平積みになっている。『朗読者』で世界的なヒットを飛ばしたシュリンクだが、もともとはミステリー作家として出発した。今回の『ゼルプの殺人』は、彼の「ゼルプ三部作」をしめくくる作品だという。ミステリーとしてはめずらしく自己内省的な作品であることは、「ゼルプ」という主人公の名前がドイツ語で「自分自身」を意味する「ゼルプスト（selbst）」を連想させることからもうかがえる。

七十歳を過ぎて男やもめの私立探偵ゲルト・ゼルプは切れ者でも英雄でもなく、携帯電話やパソコンも持っていない。心臓病の体をだましだまし彼が追いかける事件には、ナチスの迫害によって死に絶えたユダヤ人一族や東独の秘密警察、ドイツの少数民族ソルブ人やロシア・マフィアなどが関わっていて、巧みなストーリーテリングに導かれつつ殺人事件の謎解きを楽しむのと同時に、ドイツの過去や現在についていろいろと考えさせられる仕組みになっている。

淡々とした語り口に重いテーマをからめてゆく手法は、わたしが翻訳したシュリンクの短篇集『逃げてゆく愛』でも存分に発揮されていた。人生におけるさまざまな「破戒」の瞬間が、断罪ではなく、むしろ人間の弱さをあたたかく包みこむまなざしとともに描かれる。男女の関係、親子の関係、ドイツ人とユダヤ人の関係……。複雑にからみ合った人間関係の中でもがいている人々の姿が、ときにユーモアも交えて語られている。七つの短篇は、主人公の年齢もまちまちで、舞台となる場所もドイツとは限らない。紛争の絶えない中米の国（エルサルバドル？）の山道で、ニューヨークのアパートの一室で、アメリカ西海岸の路上で……思いがけないとき、思いがけない場所で、人生の決定的な瞬間が訪れる。

シュリンクは相変わらずとても忙しいらしい。小説を執筆しつつベルリンの大学で法律学の教授として教鞭をとり、研究論文も書き、頼まれれば講演も引き受ける。ベルリンのアメリカン・アカデミーでの講演「ユートピアとしての故郷」のなかでは、グローバル化の一方で九〇年代に入ってナショナリズムの気運が再び高まってきたことに懸念を表明しつつ、現代人にとっての「故郷」の意味を探ろうとしている。法律家らしく「故郷を持つ権利」について考察し、それは「そこで暮らし、仕事をし、家族や友人を持てるような場所」を持つ権利のことなのだ、と語っている。東西ドイツ統一後、故郷を喪失したように感じている旧東独の人々。男性社会に自分の居場所を見いだせない女性たち。若者中心の文化のなかで疎外されていく老人たち。シュリンクは講演の冒頭でそうした人々の存在に言及し、彼らにとっての「故郷」についても考えようとしている。

シュリンクが特に旧東独の人々のことを心にかけるのは、彼が東西ドイツ統一後、東ベルリンにあったフンボルト大学に、西からの最初の招聘教授の一人として赴任した、という事情も大きく関わっているだろう。統一直後の、まだあまり手入れされていない東ベルリンの町並みに、シュリンクは幼年期を過ごしたハイデルベルクの面影を見いだし、それが『朗読者』執筆のきっかけにもなった、とあるインタビューの中で語っている。

ベルリンにはいまや次々と新しい建物が造られ、壁がどこにあったのかもわからなくなっているが、東西の経済格差はまだ残っているし、人々の心の壁のことも時々話題になる。同じドイツ人でありながら何となくしっくりこない様子は、『逃げてゆく愛』に収められた短篇の一つ『脱線』でも描かれている。ドイツ人はさまざまな方向から、過去と対峙する方法を模索しているようだが、シュリンクの作品は、過去と向き合うことは自らについて深く内省することだ、と静かに教えているように思える。

（シュリンクについてのこのエッセイを執筆したのは二〇〇一年九月、シュトゥットガルトにおいてだった。その一日か二日後にニューヨークで九・一一のテロ事件が起こった。わたしはドイツ時間の午後五時ごろ、シュトゥットガルト駅の大きなモニター画面でその事件を知った。翌日、ベルリンに行く特急列車のなかで、「ニューヨークの犠牲者のために一分間黙祷しましょう」と呼びかけるアナウンスがあり、車内が静まりかえったこと、一分後に車掌が「みなさん、ありがとう」と言ったことをいまも思い出す。）

ひそやかな仮説

十九世紀半ば、わずか十六歳でハプスブルク帝国のフランツ・ヨーゼフ皇帝の妃となり、その美貌を人々に取り沙汰されたエリーザベト（通称シシ）。彼女の肖像画を目にしたことのある人は少なくないだろう。ウィーンに旅すると、いまだにいたるところでエリーザベトの痕跡に出会う。宮殿や公園はもとより、ウィーン西駅のような庶民的な場所にもエリーザベトの銅像が建っている。エリーザベトの名を冠したホテルもあるし、お土産のチョコレートの箱の絵柄にもなって、エリーザベトはその死後百年を経ても多くの人々を引きつけ、生前以上にアイドルになり、オーストリアに貴重な観光収入をもたらしているように見える。

バイエルンの国王ルートヴィヒ二世を描いたルキノ・ヴィスコンティ監督の映画『ルートヴィヒ――神々の黄昏』では、ロミー・シュナイダーがエリーザベトの役を演じていた。宝塚歌劇団は、エリーザベトの生涯をレパートリーの一つにした。没後百年というきつかけもあったのだろうが、一九九〇年代には、日本でもエリーザベト関係の本が続々と出版されている。いわく、『エリザベート 栄光と悲劇』『皇妃エリザベートの真実』『皇妃エリザベート ハプスブルクの美神』さらに『皇妃エリザベート その名はシシィ』。

朝日新聞社から翻訳出版された本のタイトルは『エリーザベト 美しき皇妃の伝説』(固有名詞の中の「ー」の位置が、これまでの本とは異なっている点が画期的。「エリーザベト」の方が、ドイツ語の長母音の位置を正しく表している)。

副題「美しき皇妃の伝説」の方は原書とは変えてある。編集部はどうやらエリーザベトの「美しさ」強調路線を取っているらしい。塚本哲也さんが留学生時代に眺めて「驚嘆し感動した」と述懐しておられる彼女の肖像画が表紙のカバーに使われているし、背表紙にも入っている。本来の副題はちょっと地味な「不本意ながらの皇妃」。著者ブリギッテ・ハーマンの主眼は、ハプスブルクの宮廷という格式張った環境の中での彼女の葛藤を強調することにあったようだ。

帯に「皇妃エリーザベト伝の決定版」と書いてあるだけあって、この伝記、かなりの詳しさである。すでに何冊も「エリーザベト本」が出ているわけだが、単に屋上屋を重ねるだけではない、充実した内容になっている。

あまりにも有名なエリーザベトの「ストーリー」。姉のお見合いについて行ったら見初められてしまった。乗馬が得意だった。ダイエットに打ち込んだ。一人息子の皇太子ルードルフは妻以外の女性と心中してしまった。そしてエリーザベト自身、「アナーキスト」によって暗殺された……。著者は、そうした「ストーリー」の背後にある空隙を、できるだけ多くの同時代人の証言に当たることで埋めていこうとしている。大学で歴史を学び、ハプスブルク家に精通している書き手だけに、膨大な量の新聞記事、著名人の日記、手紙などを駆使して、エリーザベトの生涯を実に綿密に再構成してみせる。たくさんの人名が最初は少し煩雑に感じられるほどだが、読み進むうちにマリー・ヴァレリー（フランツ・ヨーゼフとエリーザベトの三番目の娘であり、子どもたちのなかではただ一人幸福な恋愛結婚をすることができた）や、マリー・フェシュテティチ伯爵夫人（エリーザベトお気に入りの女官で長期間の旅行にも同行した）など、しばしば引用される証言者たちにも馴染んできて、多角的な視点から描かれたエリーザベトが、これまでになく身近な、血の通った人間に思えてくる。

宮廷という特殊な環境。姑との葛藤。人目にさらされる日常、儀式に満ちた毎日。マスコミの過剰報道やバッシング。そうした中では理解されにくかった、エリーザベトの近代人としての特質。皇妃でありながら共和制を積極的に支持していた。それなのに、死後は「宮廷の華」としてみんなに記憶されてしまう皮肉。

ふと、ひそやかな仮説を立ててみる。ヨーロッパ近代の幕開け以後、一世紀ごとに一人、王室（または皇室）関係の女性が非業の死を遂げ、「伝説」化されている。十八世紀のマリー・アントワネット、十九世紀のエリーザベト、二十世紀のダイアナ。三人とも、若くして結婚した。夫とのあいだに子どもはもうけたが、夫婦仲はうまくいかなかった。三人とも死んだのは世紀末。ロイヤルファミリーの一員とならなければ免れたかもしれない悲劇的な死だった。こうした悲劇を、人ではなく、制度の側から描く本が出てもいいかもしれない。ブリギッテ・ハーマンの本は「伝説」から「歴史検証」への、重要な一歩を踏み出したといえる。

愛しい人

二〇〇二年九月上旬、ドイツで以前から親交のある老夫妻を訪ねる機会があった。夫は元実業家、ポーランド系ドイツ人の妻は詩人。妻は八十歳で、一年前から介護施設に入っている。

「驚かせないために言っておくけど、彼女はひどく具合が悪いんだ。口がきけないし、起きあがれない」

見舞いに行きたいというわたしに、電話口で彼女の夫はそんなふうに話した。

ハンブルクの郊外にあるその施設の日当たりのいい部屋で、彼女は車椅子に座ってテレビを見ていた。わたしたちが入っていって挨拶すると少しだけ視線をこちらに向けるけれど、表情はほとんど変わらない。差し出されるお菓子にも反応しない。訪問中、ついに言葉は一言も出てこなかった。

「わかるかい？　これがアルツハイマーだよ」

彼はわたしに向かってそう説明しながら、しきりに妻の腕をさすり、「愛しい人（meine Süße）」と呼びかけていた。

「記憶や言葉をなくしても、彼女自身はそれなりに平穏な境地にいるのかも」と慰めるつもりでわたしが言うと、彼は首を振りながらため息をついた。

「彼女はそれでいいかもしれない。でもわたしにとっては地獄のような状況なんだよ」

ちょうど『アイリスとの別れ』を読んでいたわたしのなかで、こうした場面の一つ一つがジョン・ベイリーの記述と重なっていった。アイリス・マードックの小説を読むと、彼女がいかに語彙の豊かな、人間観察にすぐれた作家であるかということに気づかされる。彼女は皮肉とユーモアあふれる筆致で、登場人物たちを克明に描写していく。このように知的で饒舌な作家がアルツハイマーを発症し、言葉を失っていくとしたら……。四十年以上にわたる結婚生活のなかで彼女の作家活動を支え続けたジョン・ベイリーにとって、そうした状態をつぶさに目撃することはどんなにか辛いことだったろう。

『作家が過去を失うとき アイリスとの別れ1』のなかで、著名な文芸評論家でもあるジョン・ベイリーは、一九五〇年代のオックスフォードで初めてアイリス・マードックと出会い、交際を始め、結婚するに至った日々のことを回想している。作家としての華々しいキャリアを築き上げていくアイリスとの、互いのことに干渉しすぎない、「孤独」の保証された結婚生活（「結婚の真の喜びの一つは孤独にある。それと、心の底からの安堵に」「相手に抱かれ、愛され、伴われながらもひとりきりでいること。心身ともに親密でありながら、接触そのもののように心がぬくもる孤独のやさしい存在を感じていた」という記述は逆説的だが心に残る）。

『アイリスとの別れ1』でくりかえし礼賛される孤独の充足感はしかし、アルツハイマー患者を介護する人が感じるさむざむとした孤独とはまったく性質を異にするものだろう。病状が進むにつれ、ベイリーの言葉によれば二人は「肉体的に接近」していく。介護は重労働であり、それをほとんど一人で引き受けている彼は、必然的にアイリス中心の生活を送らざるを得ない。アイリスを寝かしつけてからの読書の時間が彼のささやかな楽しみとなる。あるいは早朝、まだ眠っている彼女の横でタイプを叩いて執筆する時間が。その執筆のなかで二人の出会い以降のできごとを丁寧にたどっていったのは、自らも文章の人であるジョン・ベイリーにとって、妻と思い出を共有できなくなったことに対する一種の代償行為だったのではないだろうか？

『アイリスとの別れ1』で新婚旅行や家探しのエピソードが語られるのに対して、さらに病状が深刻になってから書かれた『愛がためされるとき　アイリスとの別れ2』では、アイリスと出会う以前の記憶がさまざまに蘇ってくる。料理女ゲルダの思い出。戦後駐留していたドイツで出会ったハネローレのこと。年上の詩人メアリーとのはかなく不器用なロマンス。アイリスとのますますの一体化が強調される一方で、彼女の出てこない思い出や空想にベイリーがふけっている様子は興味深い。日中彼女に束縛される度合いが大きければ大きいほど、ふと手の空いた瞬間、彼は自分の思索の世界に耽溺しようとする。それは貴重な、自己解放のためのひとときなのだ。

「ハムステッドの巨人」と称されるノーベル賞作家エリアス・カネッティに、若き日のアイリス・マードックが心酔し、彼の愛人になっていた、などというエピソードにはむろん驚かされた。しかし、有名な作家の私生活が描かれていることよりも、介護する男性の心の動きが、無力感や途方に暮れている様子も含めて如実に描かれていることに、この本の魅力を感じる。辛い介護の日々に、出会ったころの胸躍る思い出が重ねられ、過去と現在が生き生きと交錯し合っているのもいい（そうでなければ、ただの介護日記に終わってしまうだろう）。

現在の愛は、思い出に支えられている。思い出すことは、ある年月を生きた人の特権でもある。それにしても、七十歳を超えたベイリーの思い出の中味は、第二次世界大戦を除くと政治的事件への言及はほとんどなく、好きな文学と旅行の話、出会った人々のこと、移り住んだ家と愛車のことで占められていて、介護という辛い現実はあるものの、それ自体が洒脱で、ちょっと古風な小説といった趣である。

リチャード・エア監督による映画『アイリス』の台本も、二冊の本のエッセンスをよくとらえて再現していると思う。アルツハイマーのアイリスに扮したジュディ・デンチの、無表情の演技が見事だった。

戦争と幽霊

毎年三月に出かけていくライプツィヒの書籍見本市に、二〇〇三年は都合で出かけられなかった。ネットで情報を取り寄せながら、巨大な温室のようなメッセ会場を思い出していた。二〇〇二年はスーザン・ソンタグやギュンター・グラスがきていて、「九・一一以後の世界」が大きな話題だった。それまでは「ドイツ統一以後」を念頭においたイベントが多かったのに、もはや「統一ドイツ」は自明のものとなり、「二十一世紀の世界」が話題になり始めた、と感じたものだ。

二〇〇三年の見本市開催はちょうど米英軍のイラク攻撃開始と重なり、会場に来ていた作家たちは次々に戦争についてのコメントを求められていた。シュレーダー首相が早くから攻撃に参加しない旨を明言していたこともあり、作家たちのコメントも、アメリカの行動をどこまで容認するかで個人差はあったものの、政府に対する批判は聞かれなかった。野党の政治家だけが、「ヨーロッパの分断を招いた」と首相を非難していたように思う。

そういえば二〇〇二年の見本市では、出版されたばかりのギュンター・グラスの『蟹の横歩き』が大きな話題になっていた。これまでタブーとされてきた戦争末期の事件を取り上げつつ、最近のネオナチの問題にまで踏み込んだ野心作であり、グラスの作家としての底力を感じさせる作品である。その小説が先ごろ日本でも翻訳出版の運びとなったのは、最近の嬉しいニュースの一つだった。

二〇〇三年の見本市会場では、ユーディット・ヘルマンの『幽霊コレクター』(原題は Nichts als Gespenster)が山積みになっていたはずだ。一九七〇年生まれのヘルマンは、デビュー作『夏の家、その後』(原題は Sommerhaus, später)で時代の寵児となった。文芸評論家の大御所ライヒ=ラニツキに絶賛され、クライスト賞やフーゴ・バル奨励賞などを受賞。その後しばらく沈黙を守っていた彼女の、まさに満を持しての第二作である。第一作と同じく短編集だが、小説ごとのボリュームと安定感が増し、これまで以上に心地よく彼女が描き出す世界に浸れる気がした。著者自身と同じ三十歳前後の女性が登場する。彼女と関わりを持つ男性たちがいる。大きな事件が起こるわけではない。ただ、主人公たちはしばしば旅をする。たとえばアメリカへ。ネヴァダ州の砂漠のまんなか、さびれたホテルのバーで、真夜中、幽霊を追いかける女に出会う。あるいはチェコのプラハへ。恋人でもない男と大晦日を過ごすために出かけていき、親しくもない人々と、楽しくもない年越しを祝う。淡々とした語りではあるが、語られる瞬間瞬間がその場の空気の微細な揺れ動きとともに、ひたひたと心に伝わってくる。デビュー作がもてはやされただけに二作目を酷評する批評家もいたようだが、わたしは『幽霊コレクター』を読んでユーディット・ヘルマンが前より好きになった。

日本でも新しい動きが起こっている。「ドイツ語圏文芸の新しい潮流」を紹介する「ＤｅＬｉ」という雑誌が創刊されることになった。若手作家たちの短編や詩が紹介されており、意欲的な内容である。期待したい。

泡になって終わり、ではない人魚の姫

大学で女性を主人公にした童話を読む授業をやっていたことがあり、これが結構楽しかった。夏休みを挟んで、二つのグループが「人魚姫」を研究テーマにとりあげた。ある学生は、ヨーロッパに伝わる人魚伝説について調べてきた。別の学生は、西洋と東洋の「人魚」観の違いについて発表した。アンデルセンの『人魚の姫』とディズニー映画『リトル・マーメイド』を比較した学生もいた。発表グループに参加した男子学生は「人魚姫の話、初めて読みました」と語っていた。彼の小学生の時の愛読書は『ドラゴンボール』だったらしい。男の子は姫物語はあまり読まないんですね。

『人魚の姫』は、いろいろな角度から分析できる童話である。種の違う生き物である人間に憧れる人魚。人間には不滅の魂が与えられている。人魚は人間より長生きするものの、死ねば泡になってしまう存在である。人魚の姫が恋い焦がれる王子の宮廷には、奴隷たちがいる。植民地主義、王政復古の時代背景を感じさせる。思いを遂げられなかった姫は泡になって死ぬ、と思われがちだが、実は三百年善行を積むことで永遠の魂を得る道が残されている。そのためにはみなさんがよい子になって人魚姫を喜ばせなくてはいけませんよという教育的アピールで話が結ばれている！　はかなげな恋物語は、こんな形で道徳の教材にもなっていたのだった。

現実を投影する文学の力
――アーザル・ナフィーシー『テヘランでロリータを読む』

アメリカの大学で教鞭をとるイラン人の女性英文学者が、テヘランで過ごした十八年間を回想した本。という要約をしたところで、この本の切実さや、心を震撼させる数々のエピソード、人間についての深い洞察のことなどは伝わらないだろう。牢獄のような社会で、文学を読み、論じ合うことと、そのことがもたらす自由と自己理解についての本。といったら、もう少しよく内容が表せるだろうか。

アメリカに留学していた著者がテヘランに呼び戻されたのは一九七九年。イスラーム革命が進行しつつあるときで、社会はイスラームの名の下に保守化し、女性の権利は制限され、多くの人々が投獄・処刑されていた。さらにイラン・イラク戦争も勃発し、ミサイル攻撃も始まって、極度の緊張を強いられる日々が続く。そんな過酷な日々に、著者は本と向き合うのである。空爆で眠れぬ夜は推理小説を読み耽《ふけ》り、反米キャンペーンが荒れ狂う大学では学生たちと『グレート・ギャツビー』を論じ、職を失ってからは自宅で若い女性たちと『ロリータ』の読書会。逃避のためではなく、戦争や革命の影に隠されてしまった生の本質をたぐり寄せるために。

何十年も前に外国で書かれた小説に、イランの現実が鮮やかに投影されていく。頽廃的とされるアメリカの小説に描かれた夢や欲望が、イラン人の夢や欲望と重なり合う。著者がとりあげる作品の「いま、ここ」と、イランでそれを読む人の現在が触れあい、読者を内側から突き動かしていく様子に、文学が持つ力を感じた。

アメリカでベストセラーになった本書は、イランでもいま秘かに回し読みされているという。新刊本が店頭に溢れる日本で、「なんかいい本ない?」と呟いている人には、本書をぜひお薦めしたい。書店が閉じられ、大学が閉鎖されていったテヘランで、これほど真剣かつ楽しげに本を読んでいた人たちがいた(いる)ことに思いを馳せつつ。

「見る人」の多彩な魅力

二〇〇六年秋以降、多和田葉子の小説が立て続けに出版された。思潮社から初の詩集も出され、まさに豊作である。恒例になっている十一月のシアターX（東京・両国）での朗読パフォーマンス（ジャズピアニスト高瀬アキとの共演）にも行ってみたけれど、新しい表現の開拓に挑み続ける意欲と遊び心が伝わってきて、わくわくする一夕だった。ここでとりあげる二冊にも、言霊を自在に繰り、冷徹とも思える観察眼を備えた「見る人」でもある多和田の多彩な魅力が、遺憾なく発揮されている。

『アメリカ 非道の大陸』は、よそ者である「あなた」がヨーロッパからアメリカに旅行し、現地で出会った人々の車に乗って移動しつつさまざまな体験をするという、ロードムービーならぬロードノヴェル。「あなた」には名前がないが、他の登場人物はみなファーストネームで呼ばれ、肩肘張らない（ドイツやフランスのように手順を踏んで二人称を変えたりしない分、親しいのかどうかもよくわからない）アメリカの人間関係を思わせる。

知らない土地での違和感やぎくしゃくする身体感覚を持ち続けたまま「あなた」が続ける旅には、謎に満ちた最終章が用意されていてスリリングだ。

一方の『海に落とした名前』は短編集だが、表題作の語り手である「わたし」はアメリカから日本に戻る途中で事故に遭い、その後遺症で自分の名前を思い出せなくなっている。手許に残ったレシートの束から過去の手がかりを見つけだそうとするが、この小説は「自分探し」のように見えて、むしろどんどんそこから遠ざかっていくところがおもしろい。言葉を繰り出しつつ他を圧倒し、舞台に佇立《ちょりつ》する名無しの「わたし」。アイデンティティの押しつけに抵抗し逃走するモチーフは、近代以降の小説へのアンチテーゼとも読めるだろう。前人未踏の領域を疾駆する作家。どこまで行くんだ多和田葉子、と叫びたくなる新作である。

世界の周縁から放たれる静かで鋭い光
――中村文則『掏摸《スリ》』

読み終えて、「木崎、いつかはお前の番だ！」と心のなかで叫んだ自分は、ナイーブすぎる読者なのかもしれない。傷ついた「僕」が出しているサインに通行人が気づいてくれるように、鍋でもフライパンでも叩きたい気分だった。読み終えて時間が経《た》ったいまでも、最後の場面を思い浮かべるとまだどきどきしてしまう。こんなに後を引く小説が、最近ほかにありましたっけ？

この作者の小説には、一人称の語りが多い。主人公は、しばしばのっぴきならない場所に追い込まれる。不条理が、暴力が、まかりとおる。なぜ、この主人公がそんな目に遭わなければいけないのか。静かに、ささやかな平和のなかで生きていくことが、なぜ許されないのか。小説は、心と肉体と、さらには魂の臨界点をめぐって展開する。主人公は、多くの苦しみにさらされ、しかもそこから抜け出すことができない。しかし彼は、そうした自分の内面を、とことん言語化しようとする。徹底的に、苦しみや痛みや不条理と向き合おうとする。そのとき一瞬、どんよりした世界のなかに、「崇高」とでも呼びたいような光が差し込むことがある。辺りはすぐにまた闇に閉ざされてしまうのだけれど、その瞬間だけは、確かに光を見た、と思うのである。

作者の芥川賞受賞作『土の中の子供』がすでにそうだった。親に捨てられ、引き取られた先で日々暴力にさらされ、最後には生きたまま土に埋められてしまう子供が主人公である。命はとりとめ、良心的な大人たちのいる施設に入所することができるが、心の傷は目に見えない形で残っている。自分と同じように心の傷を抱えアル中になりかけている投げやりな女性との同棲生活のなかで、仕事にも身が入らずにいる主人公は、暴走族に絡んで暴力を振るわれたり、タクシーの売上金を奪われて殺されそうになったり、あげくに交通事故を起こして九死に一生を得たりする。これでもか、これでもかと襲いかかる不幸のなかで、彼を生き続けさせるものは何なのか。「愛」などというとたんに嘘っぽくなってしまいそうだ。世界の中心で叫ぶ愛ではなく、世界の最果てに見え隠れするある種の優しさ、思いやり、そして矜持《きょうじ》。いまにも消えそうなかすかな希望。そうしたものが蜘蛛《くも》の糸のようにか細く、主人公をこの世につなぎとめているのである。

『掏摸』の主人公である「僕」の前に、やはり日常的に暴力を振るわれている子供が現れる。母親の愛人が、子供を殴っている。子供は母親に、スーパーでの万引きを指示されている。「僕」は、この母子が万引きの現行犯でつかまるのを防いでやる。子供は「僕」のアパートを訪ねてくるようになる。この子供が虐待者から逃れて施設に入ることができるように、「僕」はある手段に出る。

「僕」自身はどんな子供時代を送っていたのだろう。断片的に語られるエピソードは、けっして幸せな幼年期でなかったことを物語っている。子供のころから、盗みを働いていた。いまは天才的な掏摸となり、裕福な人々の財布を奪っている。きっちりと計算して仕事をするタイプだが、ときおり無意識に掏《す》ってしまうこともあるらしい。盗みを働く「僕」の視野に、以前はよく「塔」が現れた。小さいころ、それはいつも遠くに見えていた。「塔」とは何なのか。絶対者もしくは審判者のメタファー？　自分を凝視する、高いところからのまなざし？　良心の呵責《かしゃく》？　「僕は、あの塔が見えなくなるまで、何かを盗もうと思った。（中略）ものを盗めば盗むほど、自分はあの塔から遠ざかるのだと思った」。その「塔」は、「僕」が掏摸として一人前になると見えなくなってしまう。「僕」は「塔」から遠ざかることに成功したのだろうか？　それとも「塔」の方が、「僕」から遠ざかっていったのだろうか？

姿を消した「塔」に代わって、別の絶対者が「僕」の前に登場する。「木崎」という男だ。悪の権化のような男、しかも闇の世界で大変な権力を持っているらしい。彼は、他人の運命すら自由にできると豪語する。「他人の人生を、机の上で規定していく。他人の上にそうやって君臨することは、神に似てると思わんか。もし神がいるとしたら、この世界を最も味わってるのは神だ。俺は多くの他人の人生を動かしながら、時々、その人間と同化した気分になる。彼らが考え、感じたことが、自分の中に入ってくることがある。複数の人間の感情が、同時に侵入してくる状態だ。お前は、味わったことがないからわからんだろう。あらゆる快楽の中で、これが最上のものだ」(傍点作者)

このような男に目をつけられ、むりやり仕事を押しつけられたとき、人はどうすればいいのだろうか？　しかもこの男は、仕事を引き受けなければスーパーで万引きしていた例の母子を殺す、と脅してくる。そのときに「僕」がとる行動は……。

「ヒーロー」というような言葉では、軽すぎる印象を与えてしまうかもしれない。でも、『掏摸』の「僕」は、生きる、ということとそのものの重さにあえいでいた『土の中の子供』の「私」よりも、確実に前進しているのだと思う。犯罪によって生計を立て、その意味ではけっして陽の当たるところに出られない人生、ではある。後ろ暗いところがあるゆえに、「木崎」と名乗る大きな悪に利用され、踏みにじられていく。ほんとうは根本的に、悪そのものから離れる道を考えなくてはいけないのかもしれないけれど、「僕」が駆使する掏摸の技術はある種の芸術的な領域にまで達しており、美学を持った犯罪者として、魅力的ですらある。ルパンとか。メッキー・メッサーとか。鼠小僧や石川五右衛門も。上品かつ合法的に搾取を続ける金融機関や、法の名の下に人殺しさえしてしまう国家組織に較べ、人情味あふれるアンチ・ヒーローには、思わず拍手したくなってしまうのだ。

それにしても、と単純な読者である自分は考える。「木崎」が恐怖を覚える相手はいないのだろうか。「木崎」が手下を簡単に消してしまうのは、いつか裏切られるという不安の裏返しではないのか？　ナチ党のライバルを早々と粛清したヒトラーのように、誇大妄想と強迫観念にとりつかれた人物なのではないか？　徹底的な他者として描かれる「木崎」の内面を、むりやり覗いてみたい誘惑にかられた。

人間には、自分のいるところが世界の中心だと思える人と、自分は世界の周縁にいて、けっして中心にはたどり着けないと思う人がいるのかもしれない。カフカは明らかに周縁に固執した人物だった。中村文則の主人公たちも、周縁にたたずむ人々である。彼らは周縁から光を放つ。それは一度目にしたら、容易に忘れることのできない、静かで鋭い光である。

文学観はかる指標に

——村上春樹『1Q84』

『1Q84』の売れ行きが話題になっている。新刊書は買わなければ中身が読めず、そのために普通は書評などで評判を確かめるものだが、村上春樹氏に関しては、他人の評価など必要とせず、無条件に購入する読者が数十万人も存在するわけだ。そのネームバリュー、彼が紡ぎ出す物語への期待感の大きさに、まず圧倒されてしまう。また、海外でも彼がそのような熱狂的なファンを持つ作家になっていることは周知の通りである。

ドイツでは、村上春樹の名は二〇〇三年に『国境の南、太陽の西』のドイツ語訳がテレビの文学番組でとりあげられたことで、一躍有名になった。番組出演者のあいだでこの小説についての評価が真っ二つに分かれ、文壇の大御所の男性評論家は絶賛したのだが、女性のレギュラー出演者は全否定し、番組を降りる騒ぎになったのだ。村上作品は『羊をめぐる冒険』以降の長編がすべてドイツ語に翻訳されている。村上氏を「日本のヘッセ」と呼び、作品世界への親近感を表明する批評家もいる一方、個々の作品についての評価はかなり分裂している。ドイツでは日本と違って書評に否定的な意見を書くことも珍しくなく、ギュンター・グラスのようなノーベル賞作家でさえ酷評されうるのだが、賛否両論の村上評はまさに評者の文学観をはかる指標として機能している。

さて『1Q84』、早速読んでみたが既視感に満ちた小説である。冒頭、渋滞に巻き込まれた車のなかでヤナーチェクの音楽が耳に入ってくるところで、「来た！」と思った読者も多いだろう。それに続く、首都高の非常階段を下りていく場面も、これまでの作品で描かれてきた、意識の深層への移動を示すモチーフとして読める。最初から春樹ワールド全開。パラレルな世界が章ごとに交互に語られていく構成もおなじみのものである。

新しい試みといえば、二つの世界の主人公がもはや一人称の「僕」と「私」ではなく、「青豆」と「天吾」という三人称の二人の人物であり、しかも「青豆」が女性、という点だろうか。この二人はそれぞれ心のなかに欠落を抱えて生きているのだが、実は互いを深く求め合う既知の人物同士であることがわかってくる。このあたり、伏線の張り方は用意周到であり、エンターテインメント性も抜群である。二人は弱者の側に立って社会にコミットしていこうとする姿勢も見せており、そのなかで闇の世界を代表するある宗教団体がクローズアップされる。ただ、結末部分にいたって「青豆」が一種の美しいイメージのなかに回収されてしまうと、これは結局二人ではなく、一人の男性の自己肯定のための物語だったのか、という疑念も浮かんできてしまう。

ベストセラーだからといってアンタッチャブルなわけではなく、批判的な視座を含むさまざまな視点から読まれてしかるべき小説だろう。一・二巻千ページと向き合う読者には、ぜひ自分なりの読みに挑戦してもらいたいと思う。

短編映画のような詩集

――井川博年『幸福』

関西人ではないのだが、この詩集を読んでいたら突然「おもろいおっさんやなー」という関西弁が口をついて出た。パソコンに向かい、真剣に書評を書こうとしているのに、どんどん関西弁が浮かんでくる。――そやかて、「幸福」いう名の詩集やで。なんや照れ臭いわ。

なんでこのタイトルなんだろう、と思いながら読み始めた。子どもの頃の思い出や最近のことが、詩になっている。寝小便してた自分。藤村《とうそん》を「ふじむら」と読んで、プロ野球の選手と勘違いした自分。祭りに行こうとすると、バスが田圃《たんぼ》に転落する。プールで泳ごうとすると、溺れそうになる。詩のなかにちりばめられた、たくさんの「私」という言葉。一つだけ「ぼく」になっている詩もあったし、「我々」になっている詩もあったが、あくまで一人称が基本なのである。その一篇ずつがまるで短編映画のようで、詩のなかの光景がぱあっと眼前に浮かんでくるのだった。

一人のおっさんが、うろうろしている。家では妻と顔を合わせづらくて、自転車で妻の実家があった辺りを走ってみたりしている。税務調査が来るというだけで、びくびくして眠れなくなってしまう。わたしは読みながら、心のなかで叫んでいる。あんた、むちゃくちゃ情けないやんか！　若いころ大学の授業で、「詩における『私』を、詩人その人と混同してはならない」と言われたことを思い出す。そんなことは、わかっているさ。ただ、詩のなかのおっさんが、やたらと気になるのである。テクストが持つ物語性に、ぐいぐいと引き込まれてしまう。

九十五歳の母を看取るおっさん。中学の時の担任の先生から、三十年ぶりに手紙をもらうおっさん。「詩を書いて、書き続けていてよかった」という一文に、わたしも泣きそうになった。全部読み終えると、すぐに最初から読み直したくなってしまう。いい詩集でした。おっさん呼ばわりして、ごめんなさい。

お茶目で一途な恋愛小説

——森見登美彦『夜は短し歩けよ乙女』

パンパカパーン。登場の際のこんな効果音はもう古い、とつっこまれそうだけれど、この小説の書評はそんなふうに始めたくなってしまう。とびきり明るくて、楽しくて、お茶目なのだ。京都を舞台にした恋愛小説で、ファンタジーの要素もたっぷり。京都の大学で学ぶ男子学生の片思いがストーリーの軸になっているが、いまどきこんなに初《うぶ》で晩生《おくて》の学生がいるのか⁉とびっくりするほど（あ、でも、いるか。いるいる。うちの大学にも）。へっぴり腰で、でも思いは一途な主人公に好感が持てる。

「私」という一人称の語り手によって話が進められていくが、この「私」が交互に入れ替わり、男子学生になったり、彼に思いを寄せられる後輩の女子学生になったりして、京都の春・夏・秋・冬に起こるそれぞれの事件が、両者の視点から語られる。この語りの仕組みはとてもうまく機能していて、読者は二人の気持ちのずれを確認しつつ、近づいてはまた遠ざかる二人の関係（というかもっぱら位置関係）にハラハラすることになる。この二人に絡む他の登場人物がかなりエキセントリックで、あり得ないと思うほどおもしろい(特に樋口さんが最後まで謎)。

主人公たちの出会いと冒険の場には、先斗町《ぽんとちょう》や下鴨神社、鴨川や糺《ただす》ノ森など、京都らしい情緒を感じさせる場所が使われている。鍵になる小道具も、電気ブランや古本、達磨《だるま》や緋鯉《ひごい》など、かなりレトロ。大学生の話なのに、携帯やパソコンが全く出てこなくて、「メール」という単語も一回きり。そもそもお互いのメルアドを知っていれば起こり得ないようなすれ違いばかりなのだ。作者はオヤジなのかと思えばまだ二十代。この年齢でこの擬古典調の文体、この天然乙女キャラ、と驚きつつも、エンターテイナーとしての才能に感服させられた。強烈なイメージ喚起力を持つ作品で、良質な娯楽映画を観たあとのような満足感が残った。

あとがき

二〇〇八年の秋、大学に白い封筒に入った手紙が届いた。知らない人から手紙をいただくことは珍しくない。でも、パソコンで文章を書くようになった昨今、直筆の書簡を受け取ったのは久しぶりで、まずそれで感動してしまった。手紙の主の髙橋与実さんは、わたしよりも若い女性の編集者である。手紙には、一緒に本を作りたい、とあって、わたしはびっくりし、同時にうっとりしつつ、しかし心配にもなってきた。

これまで本を出してきたとはいっても、大部分が翻訳書である。翻訳の場合、訳者は黒子のようなものであって、作者より目立つようなことはまずありえない。最近の古典新訳ブームのなかでは、一つの作品に競作と呼べるほど数々の翻訳が出され、訳者が脚光を浴びるようなケースもたまにあるけれど。訳者として、あまり目立たないところにいる方が、わたしには概して心地よかった。もともと本を読むのが好きで、ドイツ語で読んだ現代文学を日本語にする仕事ができればいいなと思ってこの道に入ったので、自分自身が本を書くことはあまり想定していなかった。むしろ、内外のすぐれた小説やエッセイを読むにつけ、自分が書くことにはなんだか恥ずかしさを覚えるようになっていた。ただ、十年くらい前から新聞のコラムや書評も書かせていただくようになり、気がついたらそうした雑文がファイルにいっぱいになってはいた。二〇〇八年の後半には、日経新聞で半年間エッセイを書かせていただく機会があった。毎週書いているうちに、だんだん自分のなかの恥ずかしさが消えていって、書くことの楽しさを実感できるようになり、幸せな気持ちで連載させていただいた。いつも暖かいコメントでエッセイを受けとめてくださった担当者の千葉淳一さんのおかげでもある。

髙橋さんと初めてお会いしたとき、ベルリンの壁の話になった。わたしは一九八〇年の夏に、二度、東ベルリンに行ったことがある。フリードリヒ通り駅にあった検問所には人がずらりと並んでいて、通り抜けるのに一時間くらいかかっただろうか。東ベルリンでフンボルト大学を見学するはずだったのに、入国審査が終わると大学での待ち合わせ時間はもう過ぎていて、結局構内に入ることはできなかった。社会主義時代は、案内人がいないと大学構内にも自由に入れなかったのである。大学に入れなくて空いてしまった時間は、歴史博物館や目抜き通りのウンター・デン・リンデンでそれなりに有効に使うことができたが、あのときもし構内に入ることができていたら、また違ったものが見られたのではないかといまでも少し残念だ。

検問所にいた、国境警備の兵士のことはあまり印象に残っていない。親切そうな人がいたという記憶もない。東ドイツに入ったら、スパイに間違えられないように、軽率な行動は慎むようにと言われていた。そういう意味で、兵士は自分にとってうち解けられる相手でないことは明らかだった。ところが髙橋さんは、一人で東ベルリンに行かれた際、暫定的に統一が決まっていた頃とはいえ、検問所の兵士にパスポートを預けて入国されたのだという。パスポートを没収されたわけではなく、自分から預けたというその経緯がおもしろい。その大胆さ、天真爛漫さに人柄がよく表れている。ぜひいつか、髙橋さんご自身にその武勇伝を文章にしていただきたいものである。

この一年、ほんとうにのろまなわたしを髙橋さんが励ましてくださり、本の体裁が整っていった。髙橋さんの提案で、書き下ろしのエッセイを何本か加筆した。章の構成については、メールで相談した。この本は髙橋さんがいなければ絶対に生まれなかった。生きていると、ときどきすごく親切な人や奇特な人に出会って驚くことがあるが、髙橋さんとの出会いもそんな出会いの一つだった。心から感謝したい。そのほか、装丁を担当してくださった鈴木成一さん、日経文化部の玉利伸吾さんと千葉淳一さん、同僚のエーバーハルト・シャイフエレさん、エッセイのなかで挙げさせていただいた方々、特に多和田葉子さん、渡部直己さん、乳井雅裕さん、城所功二さん、槌谷昭人さん、小崎友里衣さん、らせん舘のみなさんにお礼を申し上げます。誤解に満ちたことを書いているかもしれませんが、この本のタイトルに免じてどうぞお許しください。

二〇一〇年春

松永美穂

〈初出〉

I　さんぽみち　Kleiner Spaziergang

ヘロヘロの一夕に／十年パスポート／君は誰？ 故郷はどこ？／なんちゃってチャレンジャー／へんてこ任侠伝／あのころ住んでいた町／夏の過ごし方／エルベ川の水源／ワン・チャンス／元気な修道女たち／「らせん館」のひとびと／宿題が終わらない！／オーケストラの魅力と功罪／誤解でございます／びっくり紳士／「後ろ」が気になる／掃除機の色は白／ずっこけバレーボーラー／間違いだらけの就活／師匠は大学生／フリーハグ推進委員会？／なりきり小公女／校閲者は偉大である／人生の反省期／我が家の五大ニュース／最後のクリスマス…日本経済新聞「プロムナード」2008年7月2日〜12月24日

II　日々のことと、おもいで　Alltägliches, Erinnertes

書き下ろし

III　ほんだな　Mein Bücherregal

ぶつ切りセンテンスの威力。…「すばる」2001年3月号／「読む」から「聴く」文学へ――ライプツィヒの書籍見本市を訪ねて…北海道新聞2001年4月19日／逃げてゆく愛、追いかけてくる歴史…「波」2001年10月号／ひそやかな仮説…「一冊の本」2002年1月号／愛しい人…「一冊の本」2002年10月号／戦争と幽霊…「群像」2003年6月号／泡になって終わり、ではない人魚の姫…「週刊新潮」2007年12月13日号／現実を投影する文学の力――アーザル・ナフィーシー『テヘランでロリータを読む』…読売新聞2006年10月15日／「見る人」の多彩な魅力…読売新聞2007年1月21日／世界の周縁から放たれる静かで鋭い光――中村文則『掏摸』…「新潮」2009年12月号／文学観はかる指標に――村上春樹『1Q84』…毎日新聞2009年6月19日／短編映画のような詩集――井川博年『幸福』…読売新聞2006年9月17日／お茶目で一途な恋愛小説――森見登美彦『夜は短し歩けよ乙女』…読売新聞2007年1月28日

＊I、III部には一部加筆修正をしております。

松永美穂

まつながみほ

愛知県生まれ。東京大学文学部独文科卒業、東京大学大学院人文社会研究科博士課程満期単位取得。東京大学助手、フェリス女学院大学国際交流学部助教授を経て、早稲田大学文学学術院教授。ドイツ文学者。専攻はドイツ語圏の現代文学。著書に『ドイツ北方紀行』(NTT出版)、共著に『世界の歴史と文化──ドイツ』(新潮社)がある。インゲ・シュテファン『才女の運命』(あむすく)、マルギット・ハーン『ひとりぼっちの欲望』(三修社)、ベルンハルト・シュリンク『朗読者』(新潮社・毎日出版文化賞特別賞受賞)、マーレーネ・シュトレールヴィッツ『誘惑。』(鳥影社)、ザビーネ・キューグラー『ジャングルの子』(早川書房)、ユーディット・ヘルマン『幽霊コレクター』(河出書房新社)など訳書多数。本書は初のエッセイ集である。

誤解でございます

2010年7月26日　初版第1刷発行

著者

松永美穂

発行者

加登屋陽一

発行所

清流出版株式会社

〒101-0051 東京都千代田区神田神保町3-7-1

電話03-3288-5405 振替00130-0-770500

http://www.seiryupub.co.jp/

編集担当

髙橋与実

印刷・製本

シナノ パブリッシング プレス

乱丁・落丁本はお取り替えいたします。ISBN978-4-86029-330-7